D0240151

URSUS NOMINE PADDINGTON

URSUS NOMINE PADDINGTON

(A Bear Called Paddington)

by

Michael Bond

Translated by

Peter Needham

With drawings by

Peggy Fortnum

Duckworth

A Bear Called Paddington
© 1958 by Michael Bond
First published by William Collins Ltd. UK
Illustrations © Peggy Fortnum and
HarperCollins Publishers Ltd.

Latin translation © 1999 by Peter Needham
First published in 1999 by
Gerald Duckworth & Co. Ltd.
61 Frith Street, London W1V 5TA
Tel: 0171 434 4242
Fax: 0171 434 4420
Email: enquiries@duckworth-publishers.co.uk

A catalogue record for this book is available
from the British Library

ISBN 0 7156 2926 3

Typeset by Ray Davies
Printed in Great Britain by
Redwood Books Ltd, Trowbridge

TRANSLATOR'S PREFACE

Now that the translation is finished I should like to thank Deborah Blake of Duckworth for providing me with such congenial employment during my first year of retirement, my friend and former colleague Michael Atkinson for the invaluable contribution of his time and scholarship in vetting my Latin, and my wife Nicky for holding my hand as I struggled for the first time with the complexities of Information Technology. Lastly, I must thank Paddington himself for giving the project his blessing. Like former Vice-President Quayle, he probably regrets not having studied Latin during his formative years. It might have proved very useful in Darkest Peru!

Peter Needham

CONTENTS

I

CURA, QUAESO,
HUNC URSUM

Dominus Brunnus et Domina Brunna primum Paddingtoni occurrerunt in crepidine ferroviaria. re vera hanc ob causam accidit ut ille nomen urso tam insolitum haberet. nomen enim stationis erat Paddington.

Brunni ibi aderant ut filiam suam Judy salutarent domum e schola regredientem ad ferias agendas. dies erat calidus et aestivus, statio autem conferta hominibus ad oram maritimam iter facientibus. hamaxostichi fremebant, megaphonia

9

sonabant, geruli cursitabant alii alios inclamantes; denique tantus erat ubique strepitus ut necesse esset Domino Brunno, qui eum primus viderat, aliquotiens rem uxori explicare priusquam illa intellegeret.

"quid vides? num *ursus* adest in statione Paddingtonensi?" obstupefacta Domina Brunna coniugem contemplavit. "noli stultus esse, Henrice. non potest fieri!"

Dominus Brunnus perspicilla oculis aptavit. " sed factum est," urgebat. "his oculis ursum ipse vidi. illic – prope loculamentum birotarum. novum genus petasi in capite gerebat."

responsum non exspectavit sed uxorem bracchio comprehenso per turbam, circum carrulum socolata et potionibus theanis oneratum, praeter mensulam librariam, per hiatum inter vidulorum acervum patentem, ad Sedem Rerum Amissarum compulit.

"eccillum video," nuntiavit glorians, dum digito angulum obscurum demonstrat, "sicut tibi dixi!"

Domina Brunna oculos in eandem partem conversa rem parvulam et villosam in tenebris latentem dispexit quae visa est sedere in nescio quo genere viduli et circum cervicem habere affixum pittacium verbis notatum. in latere viduli ipsius, qui et vetulus et ruptus erat, hic titulus est litteris quadratis inscriptus NECESSARIUS AD NAVIGATIONEM.

Domina Brunna coniugem amplexa "hac re tu non erravisti, Henrice," exclamavit. "sine dubio *est* ursus!"

quem cum attentius contemplavisset, videbatur esse insolentissimi generis ursus, colore fulvo et sordido, tectus, sicut Dominus Brunnus dixerat, petaso novissimi generis, ora latissima, cui subiecti duo oculi magni et rotundi ipsam respiciebant.

ursus cum videret aliquid a se exspectari surrexit et urbane petaso a capite sublato ita ut aures duas nigras patefecerit, "salve," inquit, voce parva et liquida.

"hem," incerte respondit Dominus Brunnus, "salve et tu." paulisper silebatur.

ursus eos contemplatus est quaerentis modo. "quid me vultis?"

Dominus Brunnus visus est nonnihil perturbatus. "at nos, fatebor enim, admirabamur quid tu velles."

Domina Brunna se inclinavit. "es ursus " inquit "minimae staturae."

ursus pectus sufflavit. "equidem sum ursus mirissimi generis," graviter respondit. "non multi nostrum supersunt in patria nostra."

"et ubi est patria tua?" rogavit Domina Brunna.

ursus non prius respondit quam caute circumspexit. "Peru Terrarum Obscurissima. minime oportet me hic adesse. viator sum clandestinus!"

"clandestinus viator?" Dominus Brunnus demissa voce anxius retro spectavit quasi exspectaret ut pone se videret cum stilo et pugillaribus apparitorem adstantem et omnia describentem.

"ita vero," inquit ursus vultu tristitiam confessus. "demigravi enim de patria. habitabam in Peru cum Lucia Amita mea, sed ei secedendum erat in hospitium ubi curantur ursi suo munere soluti."

"num ab America Meridionali profectus tantum iter solus perfecisti?" exclamavit Domina Brunna.

ursus adnuit. "Amita mea Lucia dictitabat mihi demigrandum esse cum satis haberem aetatis. quam ob rem me docuit loqui linguam Anglicam."

"sed quid hercle cibi edisti?" rogavit Dominus Brunnus. "non potest fieri quin fame moriaris."

quo audito ursus se inclinavit, vidulum reseravit clave parva, quam quoque circum cervicem habebat, cadum vitreum et paene inanem exprompsit. "liquamen edi malosinense," inquit, non sine superbia. "ursi libenter edunt liquamen malosinense. et in scapha salvifica habitavi."

"sed quid nunc facturus es?" rogavit Dominus Brunnus. "non licet ut tantum in statione Paddingtonensi sedeas quid futurum sit exspectans."

"salvus ero … id bene spero." ita inclinatus est ursus ad vidulum rursus constringendum ut Domina Brunna verba nonnulla in pittacio inscripta conspicaretur: SI HUNC URSUM CURABIS, GRATES TIBI AGENTUR.

illa ad maritum supplicis modo conversa est. "quid *tandem* faciamus, Henrice? non potest fieri ut eum hic relinquamus incerti quid mali passurus sit. Londinium enim est urbs plena timoris deversorium nullum habenti. nonne licet ei apud nos paucos commorari dies?"

haesitavit Dominus Brunnus. "sed, Maria uxor carissima, non est statim excipiendus. audi nunc contra…."

"*quid* contra audiam?" voce severiore locuta Domina Brunna in ursum despiciebat. "nempe suavior *est* et laeti comitem talem sibi adiungant Jonathan et Judy vel per breve tempus. nunquam nobis ignoscant si cognoscant te eum hic reliquisse."

"id quod suades videtur plane oppositum moribus nostris," inquit Dominus Brunnus voce incerta. "non dubium est quin de re eius modi lex lata sit. velisne apud nos commorari?" rogavit se inclinans. "id est," mox addidit cum nollet ursum offendere, "si nihil aliud propositum habes."

quibus verbis commotus tanto gaudio exsiluit ursus ut petasus de capite paene lapsus sit. "euge! hoc maxime velim. nullum enim deversorium habeo et homines omnes huc illuc festinare videntur."

"bene habet! de re inter nos conventum est," inquit Domina Brunna priusquam sententiam mutaret maritus. "licebit quoque cottidie mane cum ientabis habere aliquid liquaminis malosinensis, nec non ...." voce deficiebat rerum ignara aliarum quae ursos delectarent.

"*cottidie* mane?" auribus vix credere videbatur ursus. "domi solum diebus festis id apponebatur. nam in Peru Terrarum Obscurissima liquamen malosinense maximo constat."

"itaque cottidie mane tibi apponetur. cras primum habebis," inquit Domina Brunna. "die solis autem dabitur mel."

quo audito frontem contraxit ursus. "an maximo constabit?" rogavit. "pecuniae enim non multum habeo."

"minime. nullo enim pacto pretium his rebus tibi

constituemus. te potius inter familiares habebimus. nonne mecum idem sentis, Henrice?" Domina Brunna maritum spectabat auxilium quaerens.

"ego idem sentio ac tu," inquit Dominus Brunnus. "sed tibi nobiscum domum *re vera* redituro melius erit si nomina nostra didiceris. haec est Domina Brunna et ego sum Dominus Brunnus."

ursus urbanitate usus bis capite petasum sustulit. "re vera" inquit "non est mihi nomen proprium: solum Peruviense quod nemo intellegere potest."

"itaque melius erit si tibi nomen Anglense dederimus," inquit Domina Brunna. "sic multo facilius inter nos versari poteris." stationem oculis lustravit inflatum divinum petens. "aliquid egregium debet esse," inquit rem reputans. dum loquitur ululatu machinae vectoriae iuxta crepidinem instructae sublato hamaxostichus movebatur. "habeo quid agamus!" exclamavit. "in statione Paddingtonensi te invenimus; 'Paddington' igitur te appellabimus."

"Paddington!" nomen identidem dicebat ursus ut id certum haberet. "longissimum videtur nomen."

"sed admodum praeclarum," inquit Dominus Brunnus. "mihi placet istud nomen. Paddington igitur esto!"

Domina Brunna surrexit. "bene habet. nunc, Paddington, mihi salutanda est filiola nostra Judy quae mox in hamaxosticho adveniet. domum enim e schola redit. post longum iter necesse est siti labores; itaque Domino Brunno duce ad thermopolium abi ut accipias theanam potionem iucundam."

os lingua lambit Paddington. "siti" inquit "*excrucior*. salsae enim aquae sitim magnam efficiunt." sustulit vidulum, petasum firme in caput imposuit, comiter extendit pedem ad thermopolium. "te sequar, Domine Brunne."

"hem ... benigne facis, Paddington," inquit Dominus Brunnus.

"te obsecro, Henrice, eum diligenter cures," discedentes voce magna allocuta est Domina Brunna. "et per fidem deum, cum occasionem nactus eris, tollito pittacium istud a collo eius. hoc gerens similis est fasciculo cursuali. sine dubio gerulus si viderit eum in receptaculum sarcinarum aut in aliud aliquid imponet."

frequentissimum erat thermopolium cum ingressi sunt sed Dominus Brunnus nactus est mensam cum duobus sedilibus in angulo sitam. stando in sedili Paddington vix poterat pedibus niti in summo vitro mensae. curiosus circumspiciebat dum Dominus Brunnus theanam potionem quaerebat. cum tot videret homines edentes meminerat quantam pateretur famem. in mensa forte iacebat placenta semiconsumpta sed simulac pedem ad eum porrexit accessit famula et peniculo verrit in vatillum.

"nullo modo istam consumito, carissime rerum," inquit caput ursi permulcens. "ignoras enim ubi fuerit."

Paddingtoni venter ita inanis videbatur ut minime eius interesset ubi placenta fuisset sed multo urbanior erat quam ut quidquam diceret.

"ecce tibi, Paddington," inquit Dominus Brunnus dum

ponit in mensa duo ferventia pocula theanae potionis et
pateram libis exstructam. "satisne interim haec habes?"

oculi Paddingtonis micabant. "perbene fecisti; gratias tibi
ago," exclamavit theanam potionem dubie contemplatus.
"sed admodum difficile est bibere e poculo. solet enim aut
caput haerere aut petasus illapsus saporem potionis foedare."

in incerto fuit Dominus Brunnus. "melius igitur erit
si mihi petasum dederis. potionem tibi in patellam
suppositoriam fundam. non solet fieri apud nobilissimos, sed
nemo irascetur si semel modo factum erit."

Paddington petasum sublatum magna cum cura in mensa
posuit dum Dominus Brunnus theanam potionem effundit.
in liba esuriens oculos direxit, praesertim in permagnum
cremo et condimento confertum quod Dominus Brunnus
in patera ante eum posuit.

"habes quod edas, Paddington," inquit. "me paenitet
quod nulla suppeditantur liba liquamine malosinensi oblita,
sed attuli quae optima comparare poteram."

"laetatus sum quod e patria migravi," inquit Paddington
pedem porrigens ut pateram propius traheret. "num quis
irascetur si in mensa constitero ad cibum sumendum?"

antequam Dominus Brunnus responderet, ascenderat et
pedem dextram firme in libum imposuerat. permagnum erat
libum, omnium quae Dominus Brunnus reperire potuerat
et maximum et glutinosissimum, et brevissimo tempore
plerumque partis interioris in mystace Paddingtonis
haerebat. homines alii alios cubito fodicabant et in illos
intuebantur. Dominum Brunnum paenitebat quod non

elegisset libum simplex et inconditum, sed mores ursorum vix cognoverat. potionem theanam suam cum lacte et saccharo miscuit et a fenestra prospexit quasi cum urso in statione Paddingtonensi theani potionem cottidie sumeret.

"Henrice!" repentina vox uxoris viri animum a cogitatione abduxit. "Henrice, quid mali urso illi miserrimo facis? respice modo! nam oblitum est totum corpus cremo et condimento!"

Dominus Brunnus exsiluit perturbatus. "visus est paulum fame laborare," respondit imbecillius.

ad filiam conversa est Domina Brunna. "sic solet fieri si patrem tuum quinque modo minuta reliqui."

Judy gavisa manibus plausit. "o pater, num re vera apud nos commoraturus est?"

"si ita res se habebit,"inquit Domina Brunna, "curandus erit alii quam patri tuo. vide modo quam sordidus sit!"

Paddington, qui omne hoc tempus in libo suo tractando occupatior erat quam ut curaret quid ageretur, subito sensit homines de se colloqui. suspiciens vidit cum Domina Brunna esse puellulam oculis caeruleis et ridentibus, passis et candentibus crinibus. tanta exsiluit alacritate, petasum levaturus, ut lapsus sit in acervo liquaminis fragorum qui nescio quo modo inciderat in summum vitrum mensae. breviter vertigine oppressus sensit ima summis ubique misceri, omnes homines, res omnes sursum deorsum versari. impotens sui, pedibus in auras iactatis, priusquam caperetur, retro cernuat et magno cum impulsu decidit in patellam suppositariam. exsiluit etiam ocius quam consederat quod

potio theana adhuc calidissima erat, et statim pedem in poculum Domini Brunni imposuit.

Judy capite resupino risit dum lacrimae per genas volutae sunt. "o mater," exclamavit, "quam ridiculus hic ursus est!" Paddington, haudquaquam rem ridiculam ratus, parumper manebat uno pede in mensa, altero in potione theana Domini Brunni imposito. vultus foedatus erat magnis maculis cremi albi, et in aure sinistra massam habebat liquaminis fragorum.

"vix credideris," inquit Domina Brunna, "quemquam uno modo libo consumpto tanto squalore obsitum esse."

Dominus Brunnus tussim edidit. famulam enim severa tuentem ultra tabulam conspexerat. "fortasse," inquit, "melius erit si abibimus. autocinetum curabo conducendum." sarcinis filiae sublatis foras festinavit.

Paddington de mensa se caute demisit et reliquias libi glutinosas postremum contemplatus in solum descendit.

Judy pedem unum manibus amplexa est. "nobiscum veni, Paddington. te domum ducemus ubi balneo calido fruaris. postea licet de America Meridionali me certiorem facias. nempe multa expertus es et miranda."

"ita vero," voce gravi respondit Paddington, "multa expertus sum. semper aliquid miri mihi accidit. talis enim sum ursus."

ubi extra thermopolium exierunt, Dominus Brunnus, autocineto iam conducto, manu eos ad se arcessivit. rector primum Paddingtonem contemplatus est, deinde partem interiorem autocineti sui, et splendidi et mundati.

"pro ursis plus pecuniae solvendum est," inquit voce aspera "et pro ursis glutinosis bis tantum."

"hic ursus non potest facere quin sit glutinosus, rector," inquit Dominus Brunnus. "nam nuper rem malam passus est."

haesitavit rector. "sit ita! insilite igitur. sed curate ne quid intus foedetur. hodie tantum mane mihi mundatum est."

Brunni ut iussi in partem posteriorem autocineti se contulerunt. parentibus Brunnis cum filia pone reclinatis, Paddington post rectorem in sede invertenda stabat erectus ut per fenestram prospiceret.

sol fulgebat cum e statione vecti sunt et tenebris et strepitu relictis omnia videbantur laeta et candida. dum celeriter praeferuntur praeter mansionem laophoriorum Paddington manu salutavit circulum ibi manentium. vir unus e compluribus in eum intuentibus pilleum vice levavit. nihil potuit familiarius esse. soli per tot hebdomadas in scapha salvifica morato multa erant videnda: ubique homines, ubique raedae automatariae, ubique laophoria magna et russata – haec omnia dissimillima erant Rebus Obscurissimis Peruvensibus.

uno oculo Paddington prospiciebat per fenestram ne quid praeteriret, altero Brunnos et filiam accurate scrutabatur. Dominus Brunnus erat vir obesus et hilaris, mystace magno et perspicillis praeditus. Domina autem Brunna, quae quoque aliqua laborabat obesitate, maius videbatur exemplar filiae suae. iam sibi persuaserat Paddington se libenter apud Brunnos commoraturum cum fenestra vitrea post rectorem sita subito repulsa ipse voce rauca "quem ad locum", inquit, "iussisti me vos transferre?"

Dominus Brunnus prorsum se inclinavit. "ad aedes in Hortis Vindesilorensibus collocatas ac numero XXXII signatas."

manum curvatam ad aurem sustulit rector. "non possum te audire," exclamavit.

Paddington leviter umerum rectoris digito pulsavit. "ad aedes in Hortis Vindesilorensibus collocatas ac numero XXXII signatas," iteravit.

exsiluit rector voce Paddingtonis audita neque multum afuit quin laophorio incursaret. in umerum despexit et torvum induit vultum. "cremo," voce inquit acerba, "mihi novum foedasti pallium!"

Judy submissim risit et Brunni iactabant oculos alter in alteram. Dominus Brunnus instrumentum inspiciebat enumerativum quasi subtimeret ne proscriberetur quinquaginta insuper denarios numerandos esse.

"obsecro" inquit Paddington "mihi ignoscas." sed cum inclinatus labem pede altero detergere conaretur, nescio quo pacto visus est pallium rectoris micis libi foedare et oblinere fragorum liquamine. rector ipse diu et acriter Paddingtonem contemplatus est. quo facto Paddington petasum levavit, rector autem magna vi fenestram rursus reppulit.

"eheu!" inquit Domina Brunna. "cum primum domum revenerimus, statim in balneum ducendus erit et lavandus. omnia enim spurcantur."

sollicitus esse Paddington videbatur, non quia odio ei

essent balnea, sed quod haudquaquam pigebat oblitum esse cremo et condimento: vix decere illa statim abluere. sed priusquam tempus rei cogitandae haberet, constitit autocinetum et Brunni descendere coeperunt. Paddington vidulo sublato puellam secutus ascendit gradibus albatis ad ianuam magnam et viridem.

"nunc obviam ibis Dominae Avi" inquit Judy. "nos illi curae sumus. saevior aliquando fit et multum queritur sed non vult molesta esse. non dubito quin eam amaturus sis."

Paddington sensit genua prae timore moveri. circumspiciebat ubi essent Brunni parentes, sed illi visi sunt nescio quo modo cum rectore autocineti conducticii rixari. post ianuam audiebat sonitum pedum appropinquantium.

"non dubito quin eam amaturus sim, si id dixisti," inquit conspicatus imaginem suam arcula cursuali bene polita redditam. "an memet ipsa amabit?"

II

URSUS IN AQUA
CALIDA

Paddington nesciebat quid exspectaret ubi Domina Avis
ianuam aperuit. admiratione et laetitia commotus est cum
salutati sunt a matrona corpulenta crinibus canis et oculis
benigne renidentibus. illa cum puellam Judy vidisset manus
super caput sustulit. "di te ament!" inquit horrore perculsa.
"paene prius advenisti quam patinas mundarem. nonne vis
theanam potionem?"

"salve, Domina Avis," inquit Judy. "te rursus videre gaudeo. morbone rheumatico adhuc vexaris?"

"nunquam peius vexatus sum," coepit Domina Avis – tum desiit loqui et oculos ad Paddingtonem intente advertit. "quidnam tecum habes?" rogavit. "quid est haec res?"

"non est *res*," inquit Judy. "est ursus. Paddington appellatur."

Paddington petasum levavit.

"*ursus*," inquit Domina Avis, voce incerta. "nempe bonos habet mores, id saltem fatendum est."

"apud nos commoraturus est," nuntiavit Judy. "ex America Meridionali peregrinatus solus est relictus neque habet quo devertatur."

"num apud nos est *commoraturus?*" Domina Avis iterum bracchia sustulit. "quamdiu erit haec commoratio?"

Judy circumspexit quasi aliquid occultum teneret antequam respondit. "nescio," inquit. "pendet enim a *rebus nonnullis.*"

"eheu me miseram!" exclamavit Domina Avis. "utinam mihi adventum eius praedixisses. in cubiculo hospitali nec lintea lecti purgata nec quidquam aliud paratum est." Paddingtonem despexit. "sed cum tanto sit squalore obsitus fortasse sic melius est."

"bene habet, Domina Avis," inquit Paddington. "nisi fallor, me loturi sunt. cum libo forte conflixi."

"oh!" Domina Avis ianuam tenuit apertam. "oh, si ita res habet malim ut intres. cave modo ne tapetum foedes. recens modo purgatum est."

Judy Paddingtonis pedem arreptum compressit. "tapetum re vera non curat," susurravit. "videtur enim te admodum amare."

Paddington figuram Dominae Avis se recipientis observabat. "videtur," inquit, "subaspera esse."

Domina Avis conversa est. "quid dixisti?"

Paddington exsiluit. "ego ... ego ..." coepit.

"unde dixisti te venisse? an a Peru?"

"ita est ut dicis," inquit Paddington. "a Peru Obscurissima Terrarum."

"hem!" parumper videbatur Domina Avis plena esse cogitationis. "itaque credo te liquamen malosinense amare. plus mihi ab aromatario comparandum est."

"audistine? quid tibi dixi?" exclamavit Judy, Domina Ave egressa et ianua clausa. "*non* dubium est quin te amet."

"miror quod illa scit me liquamen malosinense amare," inquit Paddington.

"Domina Avis omnia scit de rebus omnibus," inquit Judy. "nunc mecum tibi ascendendum est in tabulatum superius ut cubiculum tuum tibi ostendam. meum olim erat cum parva eram et tot habet picturas ursorum in parietibus infixas ut mea sententia commodissime victurus sis." ursum sursum duxit per scalam longam, nugas obiter garriens. pone secutus est Paddington minimo intervallo, curans ut in margine insisteret neve tapetum pedibus premeret.

"illud est balneum," inquit Judy. "et illud cubiculum meum. illud est fratris mei Jonathan cui mox obviam ibis.

illud autem est Materculae et Paterculi." ianuam aperuit. "et hoc erit cubiculum tuum!"

Paddington puellam secutus paene lapsus est prae admiratione. nunquam enim cubiculum tantum viderat. contra unam parietem erat lectus ingens linteis albis stratus et complures arcae magnae quarum in una stabat speculum. loculum ex una arcarum extraxit Judy. "hoc appellatur armarium multiplex," inquit. "omnes res tuas intus servare poteris."

primum loculum contemplatus est Paddington, deinde vidulum suum. "non videor permultum possidere. hoc vitium nos humiles habemus – nemo unquam sperat nos res desideraturos."

"nobis igitur cogitandum est quid faciamus," inquit Judy, ambagibus usa. "conabor Materculae persuadere ut itura in tabernas te comitem capiat expeditionis." iuxta eum genua posuit. "licetne mihi te adiuvare rebus eximendis quas in vidulo habes?"

"benigne facis," Paddington inscite temptabat vidulum clausum reserere. "sed haud scio an multo opus sit auxilio. inest enim cadus liquaminis malosinensis – sed pars minima quae sola superest saporem habet algae. nec non album meum subsicivorum rerum. et nonnulli centavi – quod est genus denarii quo utuntur homines in America Meridionali."

"o me beatam!" inquit Judy. "nunquam antea tales vidi nummos. quam candidi sunt!"

"oh, expolitos illos servo," inquit Paddington. "non

expendo." exprompsit laceratam imaginem photographice expressam. "et illa est imago meae Amitae Luciae. iussit eam exprimi antequam Limam secessit in hospitium ubi curantur ursi munere soluti."

"lepidissima videtur," inquit Judy "et sapientissima." cum cognosceret ex vultu Paddingtonem tristem esse et laris sui desiderio tactum celeriter addidit, "nunc te relinquam ut in balneo lotus descendas mundus et elegans. duo invenies epitonia, alterum calida, alterum frigida signatum. multum est saponis et linteum siccatorium mundatum. habes quoque peniculum quo de pedibus sordes detergeas."

"de rebus difficillimis videris loqui," inquit Paddington. "nonne licet potius in lacuna aut alicubi sedere?"

Judy risit. "haud scio idne Domina Avis probatura sit! neu oblitus sis aures purgare. nigerrimae enim videntur."

"oportet eas nigras esse," puellae ianuam claudenti Paddington indignatus clamavit.

ascendit in scabellam iuxta fenestram positam et oculis prospexit. subiectus est hortus amplus et amoenus cum lacuna parva et compluribus arboribus quae videbantur ascendi idoneae. ultra arbores domos plures Paddington poterat videre longe lateque extendentes. mirum ei visum est semper in domo tali vivere. loco stabat rem reputans donec fenestra vapore obscurata est nec quicquam iam prospicere potuit. tunc conatus est nomen suum pedibus inscribere in parte nebulosa. mox volebat brevius esse nomen, quod nubes deficiebat et nominis ipsius litteras recte ordinare difficilius erat.

"nihilominus" – in mensam cubicularem ascendit et in speculo se contemplavit – "nomen est magni ponderis neque credo multos inesse in orbe terrarum ursos qui Paddington appellantur!"

nempe nesciebat eo ipso tempore filiam Judy eadem verba Domino Brunno dicere. Brunni enim in triclinio consilium capiebant, et Dominus Brunnus rem male gerebat. nam Judy prima suaserat ut Paddingtonem retinerent, non modo fratre sed etiam matre verbis suis faventibus. Jonathan nondum obviam ierat Paddingtoni sed arbitrabatur iucundissimum fore si in domum suam ursum recepissent. res magni visa est momenti.

"si rem totam respicies, Henrice," affirmavit Domina Brunna, "non potes eum nunc foras extrudere. peccabis enim hoc faciendo."

suspirium duxit Dominus Brunnus. sciebat enim se victum esse. nimirum non ei displicebat Paddingtonem retinere. clam non minus quam ceteri id volebat. sed cum paterfamilias esset rebatur rem sibi omni ex parte respiciendam esse.

"mea quidem sententia," inquit, "res est prius ad aliquem referenda."

"nihil dicis, Pater," clamavit Jonathan. "praeterea si hoc faciemus potest fieri ut deprehendatur quod clandestinus sit viator."

Domina Brunna lanam deposuit. "Jonathan vera dicit, Henrice. hoc nobis non patiendum est. neque enim quidquid peccavit Paddington neque mea sententia cuiquam iniuriam fecit sic in lintre salvifica iter faciens."

"agitur quoque de peculio," inquit Dominus Brunnus, animo minus firmo. "quantum peculii oporteat urso dari nescio."

"libram septimo quoque die accipiet sicut ceteri liberi," respondit Domina Brunna.

Dominus Brunnus attento animo fumisugium accendit priusquam respondit.

"hem," inquit, "nempe de re prius nobis consultanda erit Domina Avis."

"io triumphe!" conclamavit cetera familia.

"melius igitur erit si tu eam rogabis," inquit Domina Brunna, tumultu sedato. "tu enim hoc voluisti."

Dominus Brunnus tussim edidit. subverebatur enim ignarus quomodo rem acceptura esset Domina Avis. moniturus erat ut paulisper cunctarentur cum ianua aperta ingressa est Domina Avis ipsa cum apparatu theano. paulum morata circulum exspectantium circumspexit.

"nonne vultis mihi dicere vobis placere iuvenem istum Paddingtonem retinere?"

"licetne, Domina Avis?" supplex Judy rogavit. "te oro obsecroque. non dubito quin optimus futurus sit."

"quid ita?" Domina Avis ferculum in mensa deposuit. "id nondum satis liquet. alii alia de moribus bonis credunt. nihilominus," prope ianuam haesitavit, "talis ursus videtur qualis vitam bonam sibi proponit."

"itaque non repugnas, Domina Avis?" Dominus Brunnus eam rogavit.

paulisper cogitabat Domina Avis. "minime. nullo modo repugno. ursi enim semper mihi cordi fuerunt. iuvabit igitur ursum domi habere."

"mirum est," dixit Domina Brunna anhelans, ianua clausa. "quis tandem id credidisset?"

"mea quidem sententia mota est quod petasum Paddington levavit," inquit Judy. "id animum eius delectabat. urbanos enim Domina Avis amat."

Domina Brunna lanam iterum sustulit. "arbitror epistulam mittendam esse ad Amitam eius Luciam. non dubito quin illa velit certior fieri de salute eius." ad filiam versa "fortasse" inquit "eam delectet si tu et Jonathan epistulam mittatis."

"agedum," inquit Dominus Brunnus, "nunc quoque quaeritur ubi sit Paddington. num adhuc moratur in cubiculo suo?"

Judy oculos erexit a scrinio in quo chartam epistularem petebat. "oh, bene habet. tantum lavatur."

"num *lavatur*?" sollicitum cepit vultum Domina Brunna. "parvior est quam ut solus lavetur."

"noli sic molesta esse, Maria," questus est Dominus Brunnus in sella reclinatoria considens cum actis diurnis. "nescio an vita ita fruatur ut nunquam antea."

non multum a vero afuit Dominus Brunnus dicens se nescire an Paddington ita vita frueretur ut nunquam antea. res tamen male cessit et aliter ac Dominus Brunnus speraverat. felix et ignarus de fato suo deliberari Paddington in medio balneo sedebat et describebat in pavimento imaginem Americae Meridionalis usus tubulo cremoris rasorii Domini Brunni.

geographiam amavit Paddington. saltem *suum* genus geographiae amavit, id est videre loca incognita et novas gentes. priusquam ab America Meridionali discessit longum in Angliam iter facturus, Amita Lucia, ursa et sapientissima et veterrima, operam dederat ut eum doceret omnia quae ipsa sciebat. de locis quae in itinere visurus erat eum certiorem fecerat et multas horas consumpserat in recitando quod erat scriptum de gentibus quas aditurus erat.

longum factum erat iter per dimidium orbis terrarum, itaque imagine sua describenda Paddington complevit plerumque balnei pavimenti et simul usus est parte maxima cremoris rasorii Domini Brunni. parte minima quae supererat rursus conatus est scribere nomen novum. aliquotiens conatus tandem PADINGTUN elegit quod visum est nomen maximi momenti.

non prius sensit balneum esse completum , aquam autem super marginem effundi quam liquor tepidus incidit in nasum. suspirio tracto in marginem balnei ascendit, clausit oculos, uno pede nasum restrinxit, desilit in aquam. quae calida erat et spumosa et multo altior quam exspectaverat. re vera in erectis digitis consistendum erat ut nasum modo super aquam teneret.

tunc horrore ac formidine affectus est. aliud enim est in balneum inire, aliud prorsus exire praesertim cum aqua ad nasum pervenit, lubrica sunt latera, oculi autem pleni

31

saponis. ne satis quidem videre poterat ut epitoniis vertendis aquam cohiberet.

clamabat "auxilium ferte," primum voce parva, deinde clarissime: "AUXILIUM FERTE! AUXILIUM FERTE!"

paulisper exspectavit sed nemo venit. subito aliquid ei occurrit. peropportune adhuc petasum gerebat! illo sublato aquam coepit egerere.

nonnulla inerant foramina quod petasus erat veterrimus quem olim habuerat avunculus, sed si aqua vix deminuebatur, saltem non augebatur.

"o rem miram!" inquit Dominus Brunnus e sella reclinatoria exsiliens et frontem perfricans. "nisi omnia me fallunt, guttam aquae sensi."

"noli stultus esse, carissime rerum. quomodo hoc fieri poterat?" Domina Brunna, lanae intenta, ne suspicere quidem dignata est.

Dominus Brunnus grundivit atque ad acta diurna rediit. certum habuit se aliquid sensisse, sed nulla erat causa cur rixarentur. liberos suspiciosus intuitus est, sed et Judy et Jonathan epistulae scribendae intenti erant.

"quanti constat epistulam Limam mittere?" rogavit Jonathan.

Judy responsura erat cum alia gutta aquae delapsa est a tecto, nunc tamen in mediam mensam.

"eheu!" celeriter surrexit, pone se fratrem trahens. labes enim et madida et ominosa apparuerat super capita *et* simul sub balneo!

"quo nunc abis, carissima?" rogavit Domina Brunna.

"modo in tabulatum superius ad cognoscendum quid agat Paddington." Judy fratrem foras pepulit et celeriter pone se ianuam clausit.

"edepol," inquit Jonathan. "quid est?"

"de Paddingtone sollicitus sum," clamavit Judy fratrem respiciens dum ruit sursum. "videtur enim laborare!"

per andronem cucurrit et magno sonitu ianuam balnei

33

percussit. "valesne, Paddington?" clamavit. "an licet nobis inire?"

"FERTE AUXILIUM!" clamavit Paddington. "si me amatis, initote ! timeo ne demergar!"

"oh, Paddington," Judy inclinata super oram balnei fratrem adiuvit ut Paddingtonem madentem et perterritum in solum levaret. "oh, Paddington! dis gratias ago quod vales!"

Paddington iacebat supinus in stagno aquae. "fortuna secunda usus petasum mecum habui," inquit anhelans. "Amita Lucia me vetuit illo unquam carere."

"sed quid est cur obturamentum non extraxeris, o stultissime rerum?" inquit Judy.

"oh!" Paddington visus est tristis et demissus. "id...id nunquam mihi in mentem venit."

Jonathan Paddingtonem contemplatus est admirans. "edepol," inquit. "te tantam fecisse confusionem! ne ego quidem unquam tantam feci confusionem!"

Paddington sedere coepit et circumspicere. totum balnei pavimentum obtectum est nescio quo genere spumae albentis ubi aqua calida deciderat in imaginem Americae Meridionalis. "*certe* inest quiddam immunditiae," confessus est. "re vera nescio quomodo factum sit."

"immunditiam dicis!" Judy eum sublatum linteo siccatorio involvit. "Paddington, nobis omnibus multa prius agenda sunt quam rursus descendimus. si Domina Avis hoc viderit nescio quid dictura sit."

"ego autem bene scio," clamavit Jonathan. "nonnunquam enim id mihi dicit."

Judy pavimentum panniculo tergere coepit. "agedum, celeriter te siccare debes ne frigescas."

Paddington summissus se linteo siccatorio fricabat. "fatendum est," inquit se in speculo contemplatus, "me multo mundiorem *esse* quam antea. imago mea mihi ipsi haudquaquam similis est."

non dubium erat quin Paddington multo mundior visus sit quam fuerat ubi primum domum Brunnorum ingressus est. capilli, qui re vera flavi erant coloris nec ferruginei ut antea visi sunt, eminebant more peniculi novi, molliores tamen facti et serici. nasus fulgebat nec aures vestigia ulla habebant condimenti et cremoris. tanto mundior factus erat ut paulo postea cum degressus intravisset in triclinium omnes simularent se eum non agnoscere.

35

"institores debent uti aditu a latere aedificii," inquit Dominus Brunnus actis diurnis celatus.

Domina Brunna, lana deposita, eum intuebatur. "videris erravisse huc ingressus," inquit. "haec enim domus est numero XXXII non numero XXXIV signata!" et liberi consentiebant errorem aliquem factum esse. perturbabatur Paddington cum omnes risu sublato dixerunt quam scitus nunc videretur detersus, pexus capillos, verecundia dignus.

cum spatium ei dedissent in parva sella reclinatoria prope focum posita ingressa est Domina Avis aliud theanae potionis vas ferens cum patera onusta pane tosto buture oblito.

"agedum, Paddington," inquit Dominus Brunnus cum omnes consedissent. "dic nobis, amabo, de te ipso et de itinere in Britanniam facto."

Paddington in sella reclinatoria consedit, de mystace magna cum cura detersit buturis maculam, pedes pone caput posuit, porrexit digitos ad focum. audiri iuvabat, praesertim cum ipse satis caleret et omnia iucunda et amoena viderentur.

"in Peru, Terrarum Obscurissima, educatus sum," incipiebat. "ab Amita Lucia. ea est quae Limae vivit in hospitio ubi curantur ursi munere soluti." oculos clausit cogitationis plenus.

conticuere omnes intentique ora tenebant. post intervallum, cum nihil factum esset, inquieti esse incipiebant. Dominus

Brunnus tussim magnam edidit. "animum vix concitat narratio ista," inquit morae impatiens.

porrexit manum et Paddingtonem fumisugio fodicavit. "hoc nunquam credideris," inquit. "videtur enim obdormivisse."

III

PADDINGTON SUB TERRAM IT

Paddington magnopere miratus est ubi postridie mane experrectus se in lecto invenit. sibi videbatur belle habere dum membra porrigebat et lintea circum caput pede trahebat. crura extendit et locum invenit idoneum digitis refrigerandis. profuit esse ursum minimum magno in lecto quod tantum habebat spatium.

paucis post minutis, capite extra lintea caute extruso, aera naribus captavit. odor pulcher nescio cuius rei subter ianuam veniebat. semper propius adventare videbatur. sonitus pedum quoque audiebatur gradus ascendentium. qui cum extra cubile repressus esset, ianua est pulsata, vox autem dominae Avis exaudita, "tune vigilas, iuvenis Paddington?"

"vix vigilo," exclamavit Paddington, oculos terens.

ianua aperta est. "bene dormivisti," inquit domina Avis dum, ferculo in lecto posito, vela reducit. "et praecipuo es iure quippe qui in lecto ientas *die laboris*!"

Paddington ferculum avide contemplavit. inerat dimidium pompelmi in cratere positum, pateram larido et ovis onustam, aliquantum panis tosti, et vas totum liquaminis malosinensis, ne omittam poculum magnum theanae potionis. "num haec omnia mihi attulisti?" clamavit.

"si non vis accipere, facile rursus auferetur," inquit domina Avis.

"certe accipiam," celeriter inquit Paddington. "sed nunquam antea vidi tantum ientaculi."

"itaque necesse est ut id celeriter consumas." Domina Avis in limine versa respexit. "quod hodie mane in forum ibis cum Domina Brunna et Judy ad res emendas. equidem dis gratias ago quod vos non comitabor!" quo dicto ianuam clausit.

"quid tandem vult illa his verbis dicere?" inquit Paddington. sed non diu de re sollicitus erat. multo enim nimium erat agendum. nunquam antea in lecto ientaverat et mox invenit opus esse difficilius quam visum esset. primum pompelmo laborabat. quem cum cochleari presserat emicabat alte sucus et oculos tundebat, quod magnum dolorem fecit. simul sollicitus erat quod laridum et ova frigescebant. agebatur quoque de liquamine malosinensi. spatium voluit superesse liquamini malosinensi.

postremo constituit multo iucundius fore si omnia in una
patera commixta ipse sedens in fercula comesset.

"oh, Paddington," inquit Judy paucos post minutos
ubi in cubile ingressa invenit Paddingtonem in fercula
sedentem. "quidnam tu nunc facis? festina modo. te deorsum
exspectamus."

Paddington suspexit, vultu se beatum confessus; id est ea
parte vultus quae videri potuit post mystacem ovis oblitum
et micas panis tosti. conatus est aliquid dicere sed nihil
exprimebat nisi sonum obscurum et similem grunditus suis
haud secus ac si tria verba EGOVENTURUSSUM in unum
coalescerent.

"eheu!" Judy sudario deprompto faciem eius tergebat.
"non potest fieri ut ursus exstet glutinosior. quodnisi
festinabis optimum quidque iam ab aliis emptum erit. nam
Matercula in animo habet tibi totum comparare apparatum

novum a Barkridgibus − id his auribus audivi. agedum, crinibus celeriter pexis descendito."

cum ianuam clauderet Paddington reliquias ientaculi contemplatus est. plerumque consumptum erat sed supererat frustum magnum laridi quod perdere nolebat. in vidulum igitur imponere constituit ne postea esuriret.

in balneum festinavit et vultum aqua calida perfudit. deinde mystacem magna cum cura pexit et paucis post momentis descendit in atrium satis cultus etsi (hoc enim fatendum est) immundior quam pridie vesperi.

"spero te istum petasum non gesturum esse," inquit Domina Brunna in eum despiciens.

"oro ut eum illi permittas, Matercula," clamavit Judy. "est enim … tam insoliti generis."

"non dubium est quin insolitus sit," inquit Domina Brunna. "nescio an quidquid simile unquam prius viderim. figuram enim ridiculam habet. nescio quid sit appellandum."

"agrestis est petasus," inquit Paddington, voce superba. "et vitam meam servavit."

"num vitam tuam servavit?" iteravit Domina Brunna. "noli stultus esse. quomodo petasus potuit vitam tuam servare?"

Paddington ei dicturus erat quid sibi in balneo pridie vesperi accidisset ubi Judy latus eius fodicavit et abnuit. "hem … longa est fabula," inquit imbecillius.

"melius igitur sit si eam in aliud tempus reserves," inquit

Domina Brunna. "nunc necesse est vos ambos mecum venire."

Paddington, vidulo sublato, Dominam Brunnam et Judy ad ianuam principalem secutus est. prope ianuam domina Brunna constitit et auras naribus captavit.

"mirissimum est," inquit, "quod hodie mane videtur ubique laridum olere. tune id potes olfacere, Paddington?" quibus verbis permotus Paddington, vidulo pone se posito, quod erat indicium animi nocentis, auras naribus captavit. vultus ei erant varii quos solum induebat ubi in periculis versabatur. quorum unus erat ille cogitationis plenus ubi oculos in spatium longinquum direxit, mento simul in pede posito, alter innocens ille qui re ipsa non erat vultus verus. hoc uti constituit.

"maxime olet," inquit vera locutus. verax enim erat ursus. mox addidit, quod fortasse minus veritatis simile erat, "demiror unde sit odor iste."

"si tuas agerem partes," susurravit Judy dum per viam ambulant ad stationem subterraneam, "plus curae in posterum haberem cum vidulum alligarem."

Paddington in vidulum despexit. frustum magnum laridi a latere prominens per pavimentum trahebatur.

"fugito!" clamavit Domina Brunna canem squalentem vituperans qui trans viam ruebat. Paddington, vidulo agitato, "abito, canis," inquit voce severa. os lingua lambit canis et Paddington anxius animi respexit dum festinans Dominam Brunnam et Judy sequitur.

"eheu!" inquit Domina Brunna. "nescio quo modo de

rebus hodiernis timeo ne *quid* fiat insolitum. tune unquam idem passus es, Paddington?"

Paddington paulisper rem reputavit. "nonnunquam," inquit obscure dum in stationem ingrediuntur.

primo Ferrivia Subterranea spem Paddingtonis nonnihil fallebat. amabat strepitum et tumultum et aurae tepidae odorem qui ingredientibus obviam ibat. tesseram autem non flocci faciebat.

sedulo scrutatus est densatam chartam viridem quam pede tenebat. "pro octoginta denariis non multum videor accepisse," inquit. automatum distributorium postquam stridens et crepans tot pulchros sonitus fecit videbatur spem eius frustravisse. speraverat enim se multo plus accepturum octoginta denariis solutis.

"at Paddington," Domina Brunna suspirium duxit, "solum idcirco tesseram habes ut in hamaxosticho veharis. qui tesseram non habent non admittuntur." et voce et vultu visa est paulum trepidare. sic animo clam volvebat, "utinam morati essemus in horam seriorem ubi Ferrivia Subterranea minus frequentatur." addita est res singularis canum. nam non unus sed sex canes alius alia forma et figura praeditus eos usque ad interiorem partem secuti erant. nescio quo modo illa sensit id nonnihil ad Paddingtonem pertinere sed cum semel aciem in oculos eius intendisset tam innocentem gerebat vultum ut eam suspicionis subpuderet.

"sententia mea,"Paddingtoni inquit dum in scalas mobiles ingrediuntur, "tu es nobis portandus. hic enim proscriptum est canes esse portandas. de ursis tamen tacetur."

Paddington nihil respondit. pone sequebatur tamquam vigilans somniaret. cum ursus esset minimae staturae vix super marginem videre poterat, sed ubi data est occasio videndi adeo commotus est ut oculi paene e vultu exsilirent. ubique erant homines. nunquam tot homines viderat. hic celerrime descendebant, illic celerrime ascendebant. omnes mirum in modum videbantur properare. cum a scalis egrederetur sensit se rapi inter virum umbellam tenentem et feminam sacco magno oneratam. a quibus cum tandem se liberavisset et Domina Brunna et Judy a conspectu evanuerant.

eo ipso tempore titulum vidit mirissimum. quo viso, saepius conivuit ut rem compertam haberet, sed semper cum oculos aperuerat idem proscribebatur: AD PADDINGTONEM SEQUIMINI LUMEN SUCINUM.

nihil visum est aeque animum Paddingtonis concitavisse ac Ferrivia Subterranea. conversus per cuniculum ambulavit lumina sucina secutus dum in aliam turbam incidit exspectantium ut gradus mobiles ascenderent.

"hem," inquit vir in summis gradibus adstans dum tesseram Paddingtonis scrutatur. "quid istuc? tu adhuc fecisti iter nullum."

"id scio," tristi inquit Paddington voce. "videor in imis scalis erravisse."

vir naribus auras captavit quasi aliquid suspicaretur et

inspectorem acclamavit. "hic adest ursus iuvenis olens larido. dicit se erravisse in imis scalis."

inspector, pollicibus sub collobio insertis, "parantur scalae moventes ad viatores adiuvandos et itinera eorum sublevanda," inquit voce severa. "non parantur ut ursi iuvenes et si quid ursi simile est in eis ludos sibi faciunt. praesertim hora celeberrima."

"ita vero, domine," inquit Paddington petasum tollens. "sed non habemus sca .... sca ..."

"... las moventes," inquit inspector eum adiuvans.

"... las moventes," inquit Paddington, "in Peru Terrarum Obscurissima. nunquam antea in eis vectus sum. itaque opus est difficilius."

"Peru Terrarum Obscurissima?" inquit inspector visus valde commoveri. "si vero res ita se habet" – catenam sustulit dirimentem scalas ascendentes et descendentes – "melius sit si iterum descendas. utinam modo te ne rursus opprimam dolos moventem!"

"grates maximas tibi ago," inquit Paddington grato animo se sub catena demisso capite inserens. "nimirum benignissime fecisti." versus ut pedibus iactandis eum valere iuberet sensit se rursus auferri in imas partes Ferriviae Subterraneae.

iam dimidiam descensus partem emensus studiose contemplabatur libellos clarissime pictos qui in muro affixi erant cum is qui post tergum stabat umbella eum fodicavit. "aliquis te appellat," inquit.

Paddington circumspectavit et eo ipso tempore vidit

45

Dominam Brunnam et Judy praetereuntes et sursum ascendentes. manus ad eum furibundae iactabant et Domina Brunna aliquotiens magna voce iussit eum consistere.

Paddington conversus contra scalas currere conatus est, sed illae celerrime movebantur, et cum brevibus esset cruribus vix poterat vel in loco consistere. capite demisso sero animadvertit obviam currentem hominem pinguem qui chartarum thecam ferebat.

iratus fremitum edidit pinguis iste et delapsus complures alios comprehendebat. tum Paddington ipse sensit se delabi. descendit magno cum sonitu usque ad imas scalas priusquam ab extremo eiectus impotens membrorum suorum prope murum tandem motum compressit.

cum circumspectaret omnia perturbatissima videbantur.

nonnulli se congregaverant circum pinguem istum qui sedebat in solo caput mulcens. procul videbat Dominam Brunnam et Judy descendentes et simul conantes perrumpere agmen ascendentium. quas cum spectaret in imis scalis alium vidit titulum aeneo tectum involucro et inscriptum litteris magnis et russatis: AD TENENDAS SCALAS MOBILES SI PERICLITARIS BULLAM PREMITO.

hoc quoque inscriptum est litteris multo minoribus, 'abusus omnis quinquaginta libris multabitur.' Paddington autem ita properabat ut id non animadverterit. et certe visus est sibi in magno versari periculo. vidulo igitur per aera agitato bullam summa vi percussit.

si facta erat perturbatio scalis moventibus, etiam maior fiebat ubi moveri destiterunt. Paddington miratus spectavit omnes passim discurrentes aliis alios inclamantibus. aliquis etiam clamabat "cave ignem!" et procul tintinabulum coepit sonare.

in animo volvebat quantus excitari posset tumultus bulla minima premenda cum in umerum manus gravissima descendit.

"eccillum!" clamavit aliquis, digito accusatorio porrecto. "his oculis rem facientem vidi. luce clarior fuit!"

"vidulo suo eam percussit," clamavit vox alia. "quod non est permittendum!" alius autem in extrema turba adstans suadebat ut custodes publici arcesserentur.

Paddington coepit timere. conversus ad dominum manus suspexit.

"oh!" inquit vox severa. "te rursus video. neque mirum."

inspector libellum protulit. "quaeso, quid est nomen tuum?"

"hem … Paddington," inquit Paddington.

"te rogavi quid esset nomen tuum, non quo ire velles," iteravit inspector.

"ita vero," inquit Paddington. "id est nomen meum."

"*Paddington!*" inquit inspector incredulus. "non potest esse. id est nomen stationis. nunquam prius novi ursum Paddington appellatum."

"insolentissimum est nomen," inquit Paddington. "sed est Paddington Brunnus, et domicilium habeo aedes in Hortis Vindesilorensibus collocatas ac numero XXXII signatas. et Dominam Brunnam et Judy amisi."

"oh!" inspector aliquid in libello scripsit. "licetne videam tesseram tuam?"

"hem … habebam tesseram," inquit Paddington. "sed iam non videor habere."

inspector rursus scribebat. "in scalis moventibus ludere. sine tessera iter facere. scalas moventes *tenere*. haec omnia gravia sunt crimina." oculos erexit. "quid, mi adulescentule, ad haec respondebis?"

"quid? … hem…." Paddington trepidus se movebat et pedes contemplabatur.

"tesseramne in petaso tuo petivisti?" rogavit inspector, voce non maligna. "saepe enim tesserae in petasos inseruntur."

Paddington cura solutus exsiluit. "sciebam me eam

alicubi habere," grato animo inquit, tesseram inspectori tradens.

quam celeriter reddidit inspector. nam interior pars petasi Paddingtonis glutinosior erat.

"neque unquam quemquam cognovi qui tantum consumpsit tempus in itinere tam inani," inquit, oculis duris Paddingtonem aspiciens. "an saepe in Ferrivia Subterranea iter fecisti?"

"nunc primum iter facio," inquit Paddington.

"et nunc postremum quoque facis quantum ad me attinet," inquit Domina Brunna turbam hominum perrumpens.

"an tuus est hic ursus?" rogavit inspector. "quodsi tuus est, necesse est te certiorem faciam eum in calamitatem incidisse." recitare coepit quod erat scriptum in libello. "meo iudicio duo violavit praecepta magni discriminis – nescio an plura. in custodiam mihi dandus erit."

"eheu." Domina Brunna filiam comprehendit auxilium petens. "num hoc *necessarium* habes? modo parvulus est nec prius Londinium exiit. certe non rursus peccabit."

"ignorantia legis non excusat," inquit inspector, infaustis ominibus. "non apud iudices. homines debent praeceptis parere. ita proscriptum est."

"apud iudices!" Domina Brunna trepidans manum super frontem movebat. ea verba semper animum eius perturbaverunt. sibi fingebat Paddingtonem pedibus vinctis abduci, ab adversario interrogari, res horribiles omnis generis pati.

Judy pedem Paddingtonis arreptum compressit ut animum eius confirmaret. ille suspexit puellae gratiam habens. vix intellegebat quid loquerentur, sed nihil iucundi in sermone inesse videbatur.

"an dixisti *homines* debere praeceptis parere?" Judy fortiter rogavit.

"ita vero," coepit inspector. "equidem debeo officium meum praestare sicut ceteri."

"sed nihil proscriptum est de ursis?" innocenter rogavit Judy.

"hem," inspector caput scabit. "ipsissima verba non proscribuntur." in puellam despexit, deinde in Paddingtonem, denique omnia circumspexit. scalae rursus coeperant moveri et turba spectantium evanuerat.

"sane non oportet fieri," inquit. "sed ...."

"oh, gratias tibi ago," inquit Judy. "puto me nunquam cuiquam benevolentiori occurrisse. nonne *tu* idem putas, Paddington?" Paddington vehementer adnuit et erubuit inspector.

"semper in hac Ferrivia Subterranea in reliquum vehar," Paddington comiter inquit. "certe non est Londinii melior."

os aperuit inspector quasi aliquid locuturus esset, sed vocem repressit.

"agite, liberi," inquit Domina Brunna festinans. "nisi properabimus nunquam ad tempus merces nostras ememus."

ex aliquo loco superiore clamor canum latrantium ortus aures offendit. suspirium duxit inspector. "rem non intellego," inquit. "olim haec erat statio tam ordinata et decens. nunc eam respicite!"

contemplatus est figuras dominae Brunnae et Judy se recipientium cum Paddingtone agmen cogente. "id mirum est," inquit, magis visus secum loqui. "necesse est ut vigilans somniem. potui iurare e vidulo ursi istius aliquid laridi prominere!" umeros allevavit et contraxit. graviora ei curae erant. e clamore in summis scalis sublato coniciebat canes nescio quo modo inter se rixari. opus erat de re quaerere.

IV

AD MERCATUM ITUR

in Barkridgibus is qui vestitum virilem vendidit petaso Paddingtonis inter pollicem et digitum indicem comprehenso bracchium porrexit. petasum fastidiose spectavit.

"num adolescens ille ... hem, honestus, hunc iam requiret, domina?" inquit.

"immo hercle, requiram," inquit Paddington fortiter. "petasum enim illum semper habui ex quo parvulus fui."

"sed nonne vis novum et elegantem, Paddington," inquit Domina Brunna festinans, "quo *festis* diebus utaris?"

Paddington paulisper rem reputavit. "licet emas petasum novum quo *nefastis* diebus utar. *illo* enim utor diebus festis." venditor nonnihil tremuit et oculis aversis rem odiosam in extrema mensa posuit.

"Alberte!" iuvenem arcessivit qui in angulo obscuro latebat. "vide quid habeamus quintae magnitudinis octava parte carentis." Albertus sub mensa scrutari coepit.

"et nunc, dum hic adsumus," inquit Domina Brunna, "velim nobis suppedites superindumentum idoneum ad frigus hiemale arcendum. fortasse aliquid sago cucullato simile clavis ligneis ornatum quibus facile constringatur. opus est quoque paenula plastica aestivum in usum."

venditor superciliosus eam contemplavit. ursos non multum amavit et hic ursus eum more inusitato intuitus erat ex quo ipse mentionem fecerat petasi istius. "tune, domina, in imam partem aedificii descendisti ubi res vilissimae venduntur?" coepit. "Residuum aliquid Commeatus Publici …"

"non illuc descendi," inquit Domina Brunna irata. "quid dicis de Residuo Commeatus Publici? haec verba nunquam audivi. num tibi nota sunt, Paddington?"

"minime," inquit Paddington, qui omnino ignorabat quid esset Residuum Commeatus Publici. *"nunquam!"* oculos rigidos in hominem coniecit qui perturbatus vultum avertit. pertinacissime si quid opus erat Paddington aciem oculorum dirigebat. fortissima erat acies illa quam Amita Lucia eum docuerat et ipse ad extrema discrimina reservabat.

Domina Brunna digito monstravit bellum sagum

cucullatum caerulei coloris cum russea subsutura. "hoc aptissimum videtur," inquit.

vocem gluttivit venditor. "ita vero, domina. ita ut dicis, domina." Paddingtoni innuit. "hac via veni, domine."

Paddington venditorem secutus est intervallo duorum circiter pedum, oculis rigide defixis. collum extremum hominis visum est paulum rubescere et digitis tremulis attrectabat collare tunicae. dum praetereunt mensam ad petasos vendendos paratam, Albertus, qui semper venditorem sibi praepositum timebat et aperto ore res gestas spectaverat, Paddingtonem pollice presso salutavit. Paddington ipse pedem iactavit. beatus enim fiebat.

passus venditorem sibi sagum induere constitit se in speculo admirans. nunquam enim antea sagum habuerat. in Peru ingens fuerat aestus, et quamquam Amita Lucia eum coegerat petasum gerere ad arcendum nimium solem, illa loca semper multo calidiora fuerant quam ut quisquam sago qualicumque uteretur. se in speculo contemplatus mirabatur quod videbat non ursum unum sed ordinem longum ursorum in tantum extensum quantum oculis cernere poterat. re vera quocumque spectabat aderant ursi, nec unus quisquam quin politissimus videretur.

"nonne cucullus paulo amplior est?" anxia rogavit Domina Brunna.

"hoc anno habentur cuculli ampliores, domina," inquit venditor. "novissima est vestis." additurus erat Paddingtonem amplius quoque habere caput sed consilium mutavit. ursis enim non erat confidendum. semper in dubio erat quid putarent et ex omnibus hic videbatur praesertim sibi indulgere.

"an *tibi* placet, Paddington?" rogavit Domina Brunna.

Paddington non iam numerabat ursos speculo redditos et conversus ad tergum suum inspiciendum, "mea sententia nunquam vidi sagum pulchrius," inquit postquam paulisper rem cogitavit. Domina Brunna et venditor curis sublevatis suspiria duxerunt.

"bene habet,"inquit Domina Brunna. "id igitur ratum est. nunc agitur modo de petaso et paenula plastica."

petivit mensam ubi capitis tegumenta venibant. hic Albertus, qui adhuc plenus admirationis oculos a Paddingtone vix avertere potuit, acervum ingentem tegumentorum congesserat. aderant petasi melonei, petasi aestivi, petasi flaccidi, pilei Vasconici, etiam minimus petasus cylindratus. mente ambigua Domina Brunna eos inspiciebat. "difficile est," inquit Paddingtonem contemplans. "maxime agitur de auribus eius. nonnihil enim protruduntur."

"licet foramina facias ut aures emineant," inquit Albertus.

venditor vultu severo iussit eum tacere. "in petaso *Barkridgensi* foramen facere!" exclamavit. "rem talem nunquam audivi."

Paddington conversus oculos in eum direxit. "ego ... hem ..." vox venditoris silescebat. "foriculas meas petam," inquit voce placida.

"mea sententia non opus erit eis," inquit Domina Brunna festinans. "non enim negotia in foro ei agenda erunt, itaque nihil requirit elegantius. hic pileus Vasconicus lana confectus et globulo ornatus maxime mihi placet. viridis color sago novo maxime conveniet et pileus ipse ita extendi potest ut aures hieme tegantur."

omnes dixerunt Paddingtonem elegantissimum videri, et dum Domina Brunna paenulam plasticam petit, ipse abiit ut se rursum in speculo contemplaret. difficilius erat pileum levare quod aures imam partem firmiter retinebant. sed globulo trahendo eum longius extendere poterat, nec multum afuit quin idem efficeret. hoc autem modo nec ipsi deerat comitas nec calor auribus.

venditor voluit sagum cullulatum charta operire sed post multum tumultum quamquam aestus erat statuerunt ut Paddington id indueret. vestitu suo maxime superbiebat et cupiebat cognoscere num alii sibi animadverterent.

dextra Alberto data, rursus oculos in venditorem direxit tam ferociter et tam diu ut infelix iste in sellam collapsus frontem detergeret dum Domina Brunna agmen suum foras ducit.

Barkridges erat taberna maxima non solum scalis suis moventibus instructa sed etiam anabathris compluribus. Domina Brunna in limine cunctata, pede Paddingtonis firma manu comprehenso, eum ad anabathrum adduxit. illo die satis habuerat scalarum moventium.

Paddingtoni autem aut omnia, aut paene omnia, inusitata erant et eum iuvabat nova experiri. paucis post secundis non dubitavit quin mallet in scalis moventibus vehi. leves enim erant et iucundae. ab anabathris tamen abhorrebat. primum, confertum erat hominibus onera portantibus et ita occupatis

ut non tempus haberent ursi parvuli animadvertendi –
femina quaedam etiam posuit calathum in capite eius et visa
est admodum mirari ubi Paddington eum detrusit. deinde
pars una corporis visa est subito delabi, altera autem loco
manere. simulatque assuetus est hoc experiri, altera pars non

solum consecuta est sed etiam superavit partem primam antequam ianuae apertae sunt. dum descendunt hoc quater factum est et Paddington laetabatur cum rector tabulatam imam nuntiavit et Domina Brunna eum ex anabathro eduxit.

diligenter eum scrutata est. "eheu, Paddington, admodum pallere videris," inquit. "an bene habes?"

"nauseo," inquit Paddington. "anabathra me non iuvant. utinam quoque ne tantum ientaculum edissem!"

"eheu!" Domina Brunna circumspexit. nusquam potuit videre filiam Judy quae sola abierat ad res emendas. "an bene habebis hic pauca minuta sedens dum ego abibo ad Judy petendam?" rogavit.

Paddington in vidulum delapsus est speciem praebens valde maerentis. vel globulus pileo infixus visus est languere.

"nescio an bene habiturus sim," inquit. "sed operam dabo ut valeam."

"quam celerrime rem agam," inquit Domina Brunna. "tum in autocineto conducticio domum ad prandium redibimus."

Paddington ingemuit. "o miser Paddington," inquit Domina Brunna. "haud dubie aegrotas si nullum vis prandium." Paddington, cum verbum prandium iterum audiret, oculis clausis maiorem etiam gemitum edidit. Domina Brunna silens pedem rettulit.

per aliquot minuta Paddington oculos clausos tenebat et tum, cum convalesceret, paulatim sentiebat super os interdum adflari auram frigidam. oculo uno magna cum cura aperto ut videret unde aura veniret, tum primum cognovit se prope aditum principalem tabernae sedere. altero oculo aperto, constituit rem investigare. si foris non procul a ianua vitrea maneat, possit adhuc videre Dominam Brunnam et Judy appropinquantes.

deinde, cum inclinaretur ad vidulum tollendum, subito omnia nigrescebant. "eheu," putavit Paddington, "nunc lux omnis exstincta est."

viam ad ianuam pedibus porrectis praetemptabat. locum pulsavit ubi arbitratus est eam esse debere sed nihil accidit. conatus paulum ire secundum murum locum alium pulsavit. nunc ianua movebatur. visa est habere fortem laminam flexibilem et magna vi ei pulsanda erat ut patefieret sed tandem satis hiabat ut per intervallum se inserere posset. post tergum crepitu clangente clausa est ianua et Paddington spe deiectus tantas tenebras foris invenit quantae in taberna fuerant. incipiebat velle ut intus mansisset. conversus ianuam invenire conatus est sed illa videbatur evanuisse.

ratus rem fortasse faciliorem fore si quadrupedis more reperet, sic aliquatenus progressus capite rigidum aliquid tetigit. quod cum pede submovere conaretur parvo facto motu operam iterum aggressus est.

subito sonus auditus est tonitrui similis, et priusquam sciret ubi esset mons totus rerum in eum incidebat. caelum totum ruisse visum est. omnia conticuerunt et pauca minuta loco iacebat oculis arte compressis vix ausus spirare. procul voces audire poterat et semel atque iterum sonabat tamquam aliquis fenestram pulsaret. uno oculo magna cum cura

59

aperto miratus est quod lumina iterum accensa erant. saltem
... rubore perfusus cucullum sagi super caput propulit.
nunquam exstincta erant! scilicet cucullus delapsus caput
obruerat ubi in taberna se inclinavit ad vidulum tollendum.

Paddington sedere coepit et circumspicere ut cognosceret
ubi esset. nunc multo melius ei factum est. aliquid mirabatur
quod in parvo conclavi sedebat cuius in medio erat magnus
acervus vasculorum metallicorum et trullarum et craterum.
oculos fricavit et spectaculum obstupefactus contemplavit.

a tergo erat murus cui ianua inerat, a fronte fenestra
magna. ultra fenestram erat magna turba hominum inter se
certantium et digitos in eum intendentium. Paddington
laetatus est quod se ipsum digitis monstrarent. aegre surrexit,
quod difficile erat recte stare super magnum acervum
vasculorum metallicorum, et globulum pillei quam altissime
traxit. clamor a turba ortus est. Paddington caput inclinavit,
manus aliquotiens iactavit, deinde ruinam circumiacentem
scrutari coepit.

paulisper nescius ubi esset, mox rem intellexit. scilicet, cum vellet foras exire, ianuam aperuerat ferentem ad fenestram quandam tabernariam!

Paddington erat ursus curiosus, et ex quo Londinium advenit multas harum fenestrarum animadverterat. iucundissimae ei erant. intus enim habebant tot res inspiciendas. viderat quondam hominem in fenestra laborantem qui ex cumulo aliorum vasculorum metallicorum et cistarum super alias acervato pyramidem faciebat. meminerat se illo tempore putavisse id debere esse gratissimum opus.

cogitabundus circumspexit. "eheu," inquit omnibus universis, "iterum laboro." si haec omnia everterat, quod vix negari poterat, aliquis iraturus erat. re vera multi iraturi erant. nam homines aegre ferebant si quis eis causas rerum interpretabatur et difficile futurum erat interpretari quo modo cucullus sagi super caput cecidisset.

inclinatus res tollere coepit. iacebant in terra ubi ceciderant complures tabulae vitreae. intra fenestram calor ita increscebat ut sagum demptum magna cum cura clavae suspenderit. deinde tabulam vitream sublatam in summis vasculis librare conatus est. cum res bene gesta esset, plura vascula et pelvem fictilibus lavandis in summo acervo posuit. paulum titubabat mons ille sed ... Paddington pedem rettulit et eum contemplavit ... sine dubio satis bellus videbatur. confirmatus plausu extra adstantium turbam pede iactando salutavit et tabulam aliam sustulit.

intra tabernam Domina Brunna intente loquebatur cum investigatore tabernario.

61

"tune dicis te eum hic reliquisse, domina?" investigator dicebat.

"ita vero," inquit Domina Brunna. "aegrotabat et ei *imperavi* ne abiret. appellatur Paddington."

"Paddington." investigator magna cum cura nomen in libello scripsit. "qualis est ursus?"

"oh, habet nescio quid aurei coloris," inquit Domina Brunna . "caeruleo sago cucullato indutus vidulum ferebat."

"et nigras habet aures," inquit Judy. "te fallere non potest."

"nigras aures," iteravit investigator graphium lambens.

"non spero id multum profuturum," inquit Domina Brunna. "pileum enim gerebat."

investigator manum curvatam ad aurem sustulit. "*quidnam?*" clamavit. re vera sonitus horribilis alicunde oriebatur. in minutum videbatur increscere. semel atque iterum plausus dabatur et aliquotiens clamores hominum gaudentium clare audivit.

"*pileum* suum gerebat," reclamavit Domina Brunna. "viridem pileum lana confectum qui super aures descendit et globulo ornatus est."

investigator libellum manu firma clausit. non dubium erat quin ingeminaret sonitus ille externus. "obsecro mihi ignoscas," inquit voce severa. "aliquid novi fit quod est investigandum."

Domina Brunna et Judy oculos iactaverunt altera in alterius vultum. eadem cogitatio simul subit animos. simul dixerunt "Paddington!" et raptim investigatorem secuti sunt.

Domina Brunna vesti investigatoris adhaerebat, adhaerebat Judy vesti Dominae Brunnae dum turbam in pavimento adstantem rumpebant. cum maxime ad fenestram pervenirent, exortus est clamor ingens.

"non edepol mirum," inquit Domina Brunna.

"Paddington!" exclamavit Judy.

Paddington modo ascenderat in summam pyramidem suam. saltem coeperat esse pyramis, sed re vera non erat. formam enim nullam habebat et valde tremebunda erat. Paddington, ultimo vasculo in summo posito, in maxima erat difficultate. descendere volebat sed non poterat. cum pedem porrigeret, mons tremescere coepit. Paddington impotens sui vasculis haerebat, huc illuc motus et a mirantibus spectatus. deinde repentina ruina acervi totius iterum facta est, Paddingtone in summo posito neque, ut prius, in imo. a turba spe deiecta ortus est gemitus.

"nil melius per multos annos vidi," inquit unus adstantium Dominae Brunnae. "peream si scio quomodo talia comminiscantur."

"an id iterum faciet, Matercula?" puer parvus rogavit.

"non credo, carissime," inquit mater. "ludicrum enim hodiernum videtur finitum esse." digito demonstravit fenestram unde Paddingtonem, ursum miserrimum visu, investigator movebat. Domina Brunna Judy comitante festinans ad aditum regressa est.

intra tabernam investigator primum Paddingtonem, deinde libellum suum intuitus est. "en caeruleum sagum cucullatum!" inquit. "en viridem pileum lana confectum!"

pileum detraxit. "en nigras aures! scio quis tu sis," inquit voce atroci; "tu es Paddington!"

Paddington attonitus paene retro cecidit.

"quomodo tandem id cognovisti?" inquit.

"ego sum investigator," inquit ille. "officium est meum haec cognoscere. nos semper sceleratos petimus."

"sed non sum sceleratus," Paddington acriter inquit. "ursus sum! praeterea fenestram modo ordinabam … "

"fenestram ordinabas …." balbutiebat investigator. "nescio quid Dominus Perkins dicturus sit. tantum hodie mane fenestram adornavit."

anxius animi Paddington circumspiciebat. dominam Brunnam et Judy ad se festinantes videre potuit. re vera complures ei appropinquabant quorum in numero erat vir gravissimus nigra indutus veste et bracis virgatis. omnes simul ad eum pervenerunt et omnes simul loqui coeperunt.

Paddington in vidulo consedit et eos spectavit. nonnunquam multo melius erat tacere, et haec erat tacendi occasio. tandem gravissimus ille vicit quod maximam habuit vocem et adhuc loquebatur ubi ceteri omnes siluerunt.

Paddington miratus est quod ille inclinatus pedem arreptum tanta vi movebat ut visus sit a corpore recessurus.

"salve, urse, etiam atque etiam!" voce tonante clamavit.

"salve etiam atque etiam! et tibi gratulor."

"hoc bene habet," inquit Paddington voce incerta. causam nesciebat sed vir videbatur valde laetari.

ille ad Dominam Brunnam conversus est. "an dicis nomen eius esse Paddington?"

"ita vero," inquit Domina Brunna "et mihi persuasum est eum noluisse cuiquam damnum inferre."

"quod damnum narras?" vir Dominam Brunnam contemplavit obstupefactus. "num *damnum* dixisti? domina cara, huic urso debemus quod nunquam per multos annos apud nos maior fuit turba. sonare non destitit telephonium nostrum." aditum tabernae manu iactando monstravit. "en adhuc veniunt!"

manu in capite Paddingtonis posita, "Barkridges," inquit, "Barkridges gratias tibi agit." manum alteram iactavit silentium petens. "velimus beneficium remunerari. si quid … quid inest in taberna quod tibi cordi est …?"

micabant oculi Paddingtonis. optime enim sciebat quid vellet. id viderat dum ascendunt in partem vestiariam. solum steterat in mensa cellae ciboriae. nunquam maius viderat. ipse vix maior fuit.

"si tibi placet," inquit, "cedo mihi cadum liquaminis malosinesis. unum, quaeso, de cadis magnis."

si rector tabernae miratus est, admirationem celavit.
verecundus urso anabathrum ingressuro cessit.

"liquamen esto malosinense," inquit bullam deprimens.

"nisi tibi molestum erit," inquit Paddington, "malo uti
scalis."

V

PADDINGTON ET
'ARTIFEX ANTIQUUS'

mox Paddington assueverat moribus novis et factus est apud
Brunnos acceptissimus. re vera brevi tempore difficile erat
animo concipere qualis fuisset vita sine eo. laboribus intererat
domesticis et dies celeriter praeteribant. Brunni vixerunt
prope Viam Portobellonem et saepius Domina Brunna cum
occupata esset permisit Paddingtoni ut pro se exiret ad res
emendas. Dominus Brunnus ei fecit carrulum mercibus
vehendis – cophinum veterem instructum rotis et capulo
quo moderaretur.

Paddington erat emptor bonus et mox bene notus erat

institoribus omnibus qui in foro negotiabantur. valde sedulus erat et in rebus comparandis diligentiam magnam adhibebat. poma solebat premere, sicut Domina Brunna eum docuerat, ut cognosceret num satis firma essent, et semper merces petebat parvo pretio propositas. institoribus gratus erat ursus et plerique operam dederunt ut cottidie optimum quidque ei reservarent.

"ursus iste plus accipit pro decem denariis suis quam quisquam mihi notus," inquit Domina Avis. "quomodo hunc dolum efficiat plane mihi ignotum est. debet habere nescio quid avari."

"avarus non sum," inquit Paddington iratus. "sum modo prudens."

"quidquid id est," respondit Domina Avis, "quot libras habes pondere tot libris auri dignus es."

haec verba Paddington serio dicta habebat et multum tempus consumebat in pondere suo comperiendo librili balneari usus. tandem constituit de re amicum suum Dominum Gruberum consultare.

Paddington autem multum temporis consumebat in fenestris tabernarum inspiciendis, et ex omnibus quae in Via Portobellone erant, fenestra Domini Gruberi erat optima. primum enim ita humilis erat ut non necesse esset in summis digitis stare ut partem interiorem inspiceret, deinde plena erat rerum iucundarum. supellex antiquum, dona militaria, pelves ac patinae, picturae; tot res inerant ut difficile esset intrare in tabernam, et Dominus Gruber senex saepe sedebat in sella reclini in pavimento posita. Domino Grubero autem acceptissimus erat Paddington et mox familiarissimi facti sunt. Paddington saepe ibi morabatur dum domum a mercatu regreditur et multas consumebant horas colloquentes de America Meridionali quo Dominus Gruber iverat cum puer erat. mane Dominus Gruber solebat sumere placentam et potionem socolatae quas appellabat 'cenulam suam undecimae horae', et illam cum Paddingtone dividere consueverat. "nil est melius quam sermo lepidus dum placenta sumitur cum potione socolatae," dicebat, consentiente Paddingtone, qui amabat sermones, placentas, potiones illas – quamquam socolata mystacem colore inusitato inficiebat.

Paddington rebus splendentibus semper studebat et olim mane Dominum Gruberum consuluerat de centavis suis Peruvianis. nam ei in mentem nescio quo modo venerat se, si magni aestimarentur illi nummi, eos fortasse posse vendere et donum Brunnis emere. iucundum erat libram unam peculiarem septimo quoque die a Domino Brunno accipere, sed cum placentas nonnullas mane Saturni die emisset non multum reliqui erat. Dominus Grubber, re diu cogitata, Paddingtonem monuerat ut nummos sibi servaret. "non semper res splendidissimae maximo pretio veneunt, Domine Brunne," dixerat. Dominus Grubber semper appellavit Paddingtonem 'Domine Brunne'. itaque ille visus est sibi maximam habere auctoritatem.

Paddingtonem duxerat in interiorem tabernae partem ubi scrinium habebat, et e loculo extraxerat cistam charta densata confectam et nummis antiquis plenam, squalentibus tamen et indecoris. "an hos vides, Domine Brunne?"

dixerat. "appellantur aurei. ab inspicientibus modo non magni aestimantur, sed re vera sunt pretiosissimi. ex auro facti valent libris quinquagenis. id est unciae singulae veneunt libris centum. aureum, si quando inveneris, quaeso, mihi afferto."

olim, cum se in librili perpendisset, Paddington ad Dominum Gruberum festinavit, secum afferens chartam de libro subsiscivarum rerum sumptam calculis arcanis obtectam. post cenam magnam die Solis consumptam Paddington invenerat se pondus habere fere sedecim librarum. quod par erat ... rursus chartam aspexit dum tabernae Domini Gruberi appropinquat ... quod par erat fere ducentis sexaginta unciis, ut ipse valeret fere sex et viginti milibus librarum!

Dominus Gruber, ubi magna cum cura verba omnia Paddingtonis audivit, oculis clausis paulisper cogitabat. vir enim benevolus erat, nec volebat spem Paddingtonis fallere.

"equidem non dubito," tandem inquit "quin tu tantum *valeas*. liquet enim te pretiosissimum esse ursum iuvenem. id mihi liquet. id Dominis Brunnis liquet. id Dominae Avi liquet. nescio tamen an aliis liqueat."

Paddingtonem super perspicilla intuebatur. "res humanae non semper sunt ut videntur," tristi inquit voce.

Paddington suspirium duxit spe deiectus. "utinam essent," inquit. "id mihi maxime placeret."

"forsitan," inquit Dominus Gruber, ambagibus usus. "forsitan. sed, si ita esset vita hominum, nonne deessent res improvisae quae animos delectarent?"

cum Paddingtonem in tabernam ductum in sede collocavisset, paulisper e conspectu evanuit. ubi rediit, picturam magnam lintris ferebat. altera quidem pars lintrem exprimebat, pars altera videbatur reddere feminam petasum magnum gerentem.

"eccillam," inquit voce superba. "illa adductus pictura affirmavi res humanas non semper esse ut videantur. dic, quaeso, Domine Brunne, quid tu de pictura censeas."

Paddington, quamquam voluptatem aliquam ex his verbis cepit, tamen rem non intellegebat. sentiebat enim partes picturae inter se non cohaerere, et dixit quod sentiebat.

"ah," inquit Dominus Gruber magno cum gaudio. "sic res nunc habet. sed mane modo dum picturam purgem! pro illa multos abhinc annos quinquaginta denarios solvi ubi nihil nisi navem veliferam exprimebat. et quid putas? cum nuper eam purgare coepissem, pigmento omni defluente inveni alteram subesse picturam." oculis circumlatis vocem premebat. "nemo alius hoc compertum habet," susurravit, "sed ego nescio an pictura inferior sit pretiosa. fortasse est quod appellatur 'antiquus artifex'."

cum Paddington nihilominus videretur haesitare, eum docuit artifices olim, cum pecunia deficiente non possent comparare textile pictorium, nonnunquam opera sua superimposuisse picturis veteribus; nonnunquam autem, id quod perraro eveniret, opera sua superimposuisse picturis artificum qui postea celeberrimi facti essent; nimirum illorum opera magni valere, sed, quod pigmento obtecta essent, homines ea omnino ignorare.

"haec res videtur difficillima esse," inquit Paddington cogitabundus.

Dominus Gruber diu de arte pictoria locutus est. haec enim erat inter res quas praecipue amabat. Paddington autem, quamquam rebus omnibus a Domino Grubero dictis studere solebat, vix audiebat. tandem, cum repudiavisset potionem alteram socolatae sibi a Domino Grubero oblatam, de sella delapsus domum redibat. salutatus ab obviam euntibus automati modo petasum tollebat, sed vultum habebat res longinquas cogitantis. ne odor quidem placentarum e pistrina efflatus eum avocabat. Paddington enim animo suo aliquid fingebat.

domum regressus in cubile ascendit et diu in lecto iacebat oculis in tectum defixis. tam diu ibi remansit ut Domina

Avis sollicitudine affecta breviter ingressa est ut cognosceret num bene haberet.

"mihi bene est, gratiam habeo maximam," inquit Paddington incuriosus. "cogito solum."

Domina Avis, ianua clausa, deorsum festinavit ut ceteros certiores faceret. nuntium alii aliter acceperunt. "non me movet si cogitat *solum*," inquit Domina Brunna vultu sollicito. "sed cum *de* re aliqua cogitavit incipit calamitas fieri."

versata tamen in laboribus domesticis mox rei oblita est. scilicet et ipsa et Domina Avis multo occupatiores erant quam ut animadverterent paucis post minutis figuram parvam ursi magna cum cura repentem ad tugurium Domini Brunni. neque eum redeuntem viderunt cum ampulla resinae terebinthae Domini Brunni et acervo magno pannorum. quodsi vidissent non sine causa perturbati essent. et si Domina Brunna eum vidisset clam in exedrium summis

digitis ingredientem, tum magna cum cura ianuam claudentem, omnino pacem mentis amississet.

fortunate evenit ut omnes multo occupatiores essent quam ut quidquam animadverterent; etiam fortunatius ut diu nemo in exedrium ingressus sit. Paddington enim magnis in malis versabatur. id quod in animo habebat haudquaquam consecutus erat. "utinam," sibi inquit, "diligentius audivissem quae Dominus Gruber de picturis purgandis diceret!"

primum quamquam paene dimidio ampullae resinae terebinthinae Domini Brunni usus erat, frusta modo picturae defluerant. deinde, quod etiam peius erat, ubi *defluerat* pigmentum, nihil suberat. textile modo candidum. Paddington retrogressus operam suam contemplavit. antea pictura lacum expresserat, caelo cum caeruleo et navibus veliferis passim sparsis. nunc similis erat tempestati maritimae. naves omnes abierant, incanuerat caelum mirum in modum, dimidium lacus evanuerat.

"quam opportune hanc veterem capsellam colorum inveni," putavit procul stans dum extremum penicillum pede porrecto tenet et ex transverso tuetur sicut semel viderat artificem verum facientem. in discum pigmentarium pede laevo retentum aliquid rubri coloris expressit et penicillo hac atque illac diffudit. anxius animi respexit, tum textile aliquo colore respersit.

Paddington colores invenerat in armario sub scalis sito. capsella tota colorum. inerant russati, prasini, galbini, veneti.

re vera tot inerant colores ut difficile erat scire qui primus esset legendus.

cum penicillum magna cum cura in petaso detersisset, alium expertus est colorem, deinde alium. ita iucundum erat opus ut constitueret unumquemque breviter experiri, et mox oblitus est picturam sibi esse pingendam.

re vera similius erat opus descriptioni quam picturae, confectum lineis circulis crucibus, variis expressis coloribus. vel Paddington stupebat ubi tandem gradum referebat ad rem contemplandam. picturae enim prioris nihil manebat.

animo tristiore colores in capsella reposuit, picturam sacco textili involvit, in murum inclinavit haud aliter atque invenerat. invitus constituit postea rem iterum experiri. in praesentia iuvabat tabulam pingere sed multo difficilius erat quam videbatur.

vespere dum cenabatur Paddington silebat. adeo silebat ut aliquotiens Domina Brunna eum rogaret num aegrotaret, donec tandem, venia petita, sursum ivit.

"equidem spero eum valere, Henrice," inquit illa, Paddingtone egresso. "sui dissimilis vix quidquam cenae consumpsit. et vultus videbatur operiri maculis insolitis rubri coloris."

"edepol," inquit Jonathan. "maculis rubri coloris! si modo me hoc morbo, qualiscumque est, infecerit, non mihi ad scholam redeundum erit."

"habet quoque maculas prasinas," inquit Judy. "nonnullas prasinas vidi!"

"*prasinas!*" vel Dominus Brunnus anxius animi esse videbatur. "nescio an morbo aliquo aegrescat. nisi mane abierint, medicum arcessam."

"magno cum gaudio exspectabat quoque artificum exhibitionem," inquit Domina Brunna. "infelix erit si debebit in lecto manere."

"an putas te praemium pictura tua nacturum esse, Pater?" rogavit Jonathan.

"nemo magis mirabitur quam pater si nactus erit," respondit Domina Brunna. "nunquam antea praemium nactus est!"

"quid est pictura tua, Patercule?" rogavit Judy. "nonne nobis id dices?"

"res debet esse improvisa," inquit Dominus Brunnus verecunde. "longum erat opus conficere. memoria fretus id pingebam."

inter alia Dominus Brunnus otium occupabat pingendo, et quotannis, tabula picta, inibat in certamen artificum Kensingtoni celebratum, haud procul domo sua. aderant praeclari viri qui iudicium facerent de picturis et praemia nonnulla deferebantur. multa alia certamina quoque habebantur, et aegre ferebat Dominus Brunnus quod, ipso nunquam praemium adepto, coniunx praemium stragulo faciendo bis nactus erat.

"attamen," inquit nolens longius de re colloqui, "iam serius est. hodie tempore postmeridiano homo ille picturam domo abstulit. alea igitur iacta est."

postridie sole fulgente frequens erat exhibitio. omnes laetabantur quod Paddington videbatur admodum convaluisse. maculae omnino evanuerant et magnum ientaculum consumpsit ut cenam omissam noctis prioris compensaret. sola Domina Avis aliquid suspicabatur ubi in balneo invenit mantele 'maculis' Paddingtonis impressum, sed quod suspicabatur celavit.

Brunni quini in medio primi ordinis sedebant qua arbitri rem iudicaturi erant. ubique maxime trepidabatur. Paddington modo certior factus Dominum Brunnum pictorem esse sperabat se visurum tabulam pictam ab aliquo sibi noto.

in tribunali nonnulli barbati visi magnam auctoritatem habere huc illuc currebant inter se colloquentes et bracchia in aera iactantes. videbantur controversiam magnam habere de pictura quadam.

"Henrice," susurravit Domina Brunna, elato animo.

"credo equidem eos colloqui de pictura tua. agnosco enim saccum textilem."

Dominus Brunnus videbatur haerere. "non dubium est quin similis est sacco meo. nescio tamen an sit idem. textile enim omne picturae inhaerebat. nonne id vidisti? quasi adhuc madens inserta esset. tabulam meam multo prius pinxi."

Paddington immotus sedebat oculis in adversum defixis, vix ausus moveri. imo in pectore insolitum aliquid et ominosum sentiebat quasi res horribilis futura esset. incipiebat velle se mane non maculas eluisse; quodsi non fecisset, saltem in lecto manere potuit.

Judy eum cubito fodicavit. "quid est, Paddington?" rogavit. "videris enim dissimillimus tui. an bene habes?"

"non aegroto," inquit Paddington voce parva. "sed puto me rursus in mala incidisse."

"eheu," inquit Judy. "nihilominus necesse est pedes decusses ominis avertendi causa. res est in discrimine!"

alacer animo factus est Paddington. e tribunali enim vir

ille, qui maximam videbatur habere auctoritatem et barbam longissimam, loquebatur. et ibi… Paddingtonis genua tremere incipiebant, ibi in tribunali, in machina coram publico posita erat pictura 'sua'!

adeo stupefactus est ut frusta modo orationis eius audire posset.

"… usus coloris admirandus …"

"… insolentissimus …"

"… vis magna ingenii … artifex laudandus …"

deinde paene delapsus est de sella prae admiratione. "datur palma Domino Henrico Brunno habitanti aedes in Hortis Vindesilorensibus collocatas ac numero XXXII signatas."

neque Paddington solus admiratione afficiebatur. Dominus Brunnus, qui in tribunal tollebatur, similis erat homini modo fulmine percusso. "at … at …" balbutiebat, "debet esse error aliqui."

"num dicis errorem?" inquit vir barbatus. "nihil dicis, carissime. nomen tuum in tergo textilis inscribitur. nonne es Dominus Brunnus? Dominus *Henricus* Brunnus?"

vix sibi credens picturam inspiciebat Dominus Brunnus. "nempe habet nomen meum in tergo," inquit. "mea manu scriptum est …" sententia imperfecta, in circulum despiciebat. nonnulla de re ipse animo conceperat, sed difficile erat Paddingtonem attentum facere, ut ferme fiebat ubi id maxime volebas.

"ut mihi videtur," inquit Dominus Brunnus, cum plausus cecidisset, et ipse a viro accepisset mandatum nummarium decem librarum, "quamvis re bene gesta superbiam, velim praemium donare hospitio cuidam in America Meridionali sito ubi curantur ursi suo munere soluti." murmur admirantium per contionem totam pervadens Paddingtonem fefellit, quamquam gavisus esset si causam illius cognovisset. in picturam enim oculos dirigebat, et praesertim in virum promissa barba, qui videbatur sudare et rubescere.

"utinam," inquit Paddington omnibus universis, "in pictura ne summa atque ima miscuissent. neque enim omnibus diebus urso datur palma in certamine pictorum!"

VI

VISITUR THEATRUM

Brunni omnes maxime commovebantur. tesserae enim theatrales Domino Brunno datae erant quae eis permittebant ut sederent in saepto singulari. actio prima fabulae novissimae futura erat, et Sealy Bloom, vir egregius et histrio toto orbe terrarum notissimus, primas partes acturus erat. etiam Paddington hac animi commotione inficiebatur. amicum suum, Dominum Gruberum, nonnunquam visitavit ut ille sibi scaenam explicaret. Dominus Gruber eum felicissimum censebat quod ad actionem primam fabulae novae iturus esset. "homines celeberrimi omnis generis aderunt," inquit. "dubito an multi sint ursi qui semel in vita talem occasionem nanciscantur."

Dominus Gruber complures libros de scaena scriptos et

iam usu tritos Paddingtoni commodavit. ille tardior erat lector sed in libris multae inerant picturae et in uno libro inerat imago magna et excisa scaenae quae exsiliebat quotiens apertus erat. Paddington constituit ut histrio vellet fieri ubi adolevit. coepit stare in mensa cubiculari et gestus in speculo facere non secus atque in libris viderat.

Domina Brunna de re aliter sentiebat. "spero equidem fabulam bellam futuram," inquit Dominae Avi. "scis qualis sit Paddington ... animo tam serio haec accipit."

"quid ergo?" inquit Domina Avis. "*egomet* domi sedebo et radiophonium audiam in tranquillisimo otio. illi tamen hoc erit experimentum novi generis et libenter talia experitur. praeterea, nuper optime se gessit."

"id scio," inquit Domina Brunna. "id est quod me sollicitum habet!"

accidit tamen ut ex omnibus curis quae Dominam Brunnam sollicitam habebant minima erat fabula ipsa. usque dum iter in theatrum faciebant Paddington praeter solitum silebat. neque enim prius foras exierat in tenebras neque unquam prius lumina Londinii viderat. loco quoque celeberrimo dum in autocineto praetervehuntur a Domino Brunno demonstrato, tandem Brunni, homines festivi, in theatro congregantur.

Paddingtonem iuvabat quod omnia invenit sicut Dominus Grubber ei dixerat,non praetermisso ostiario qui, ianua aperta, eos in vestibulum ingredientes salutavit.

Paddington, cum salutem pede iactando reddidisset, aera naribus captavit. omnia enim coloribus rubris et aureis picta sunt, et theatrum ipsum odorem diffundebat suavem, iucundum, familiarem. nonnulla perturbatio facta est in amiculorum depositorio ubi intellexit pecuniam sibi solvendam esse ut sagum cucullatum et vidulum ibi relinqueret. irascebatur mulier quae post mensam stabat ubi Paddington postulavit ut res suae sibi redderentur.

magna voce adhuc de re querebatur dum famula eos per andronem ad sedes ducebat. in aditu saepti constitit famula.

"an vis chartam explicativam, domine?" inquit Paddingtoni.

"ita vero," inquit Paddington, quinque capiens. "gratiam tibi habeo maximam."

"et sumes in intervallo cafeariam potionem, domine?" rogavit illa.

oculi Paddingtonis fulgebant. "benigne facis," inquit, credens id esse beneficium theatrum frequentantibus datum. conatus est vi usus praeterire, sed famula ei obsistebat.

"constat septem libris et quinquaginta denariis," inquit. "pro chartis explicativis librae singulae dandae sunt, pro potionibus cafeariis denarii quinquageni."

Paddington videbatur vix auribus credere. "num vis septem libras et quinquaginta denarios?" iteravit. "*septem libras et quinquaginta denarios?*"

"hoc bene habet, Paddington," anxius inquit Dominus Brunnus perturbationis novae vitandae causa. "ego hic hospes adsum. tu ingressus sedem occupa."

statim audiens dicto fuit Paddington, sed modo sinistro famulam contemplabatur dum pulvinaria disponebat sedis in primo ordine collocatae. nihilominus gaudebat videre eam sibi dedisse sedem scaenae proximam. chartulam cursoriam iam miserat ad Amitam Luciam cum exemplo accurate transcripto formae theatri, quam in libro quodam Domini Gruberi invenerat, et cruce parva in angulo uno notata his verbis 'MEA SEDIS'.

admodum frequens erat theatrum et Paddington eos qui deorsum sedebant salutavit. quorum complures, Domina Brunna multum erubescente, digitis porrectis salutem reddiderunt.

"*utinam* paulo minus comis esset," susurravit Domino Brunno.

"nonne vis iam deponere sagum cucullatum?" rogavit Dominus Brunnus. "frigus erit cum rursus foras exibis."

ascendit Paddington et in sella stetit. "fortasse deponendum est," inquit. "calor enim increscit."

Judy sagum detrahenti opem ferebat. "fac cures quadrulam panis duplicem liquamine malosinensi oblitam!" clamavit Paddington ubi illa eam posuit in pluteo adverso. sed sero erat. culpae suae haud ignarus circumspectavit.

"edepol!" inquit Jonathan. "cecidit in caput hominis!" de margine saepti despiciebat. "est calvus ille. iratissimus videtur."

"oh, Paddington!" Domina Brunna desperans eum intuebatur. "num *necesse* est afferre in theatrum quadrulas duplices panis liquamine malosinensi oblitas?"

"bono animo sis," inquit Paddington voce laeta. "plures

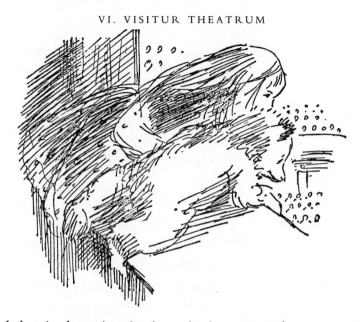

habeo in altero sinu si quis esurit. timeo ne paulum contusae sint quod in autocineto super eas consedi."

"loco inferiore homines videntur nescio quo modo tumultuari," inquit Dominus Brunnus caput supra marginem extendens ut videret quid ageretur. "aliquis modo me pugno suo minatus est. et quid dixisti de quadrulis duplicibus panis liquamine malosinensi oblitis?" aliquando Dominus Brunnus tardidate ingenii laborabat.

"nihil, carissime," inquit Domina Brunna festinans. constituit rem omittere. nam ad finem prospicienti id multo facilius erat.

interea Paddington vehementer secum certabat de binoculo scaenico. arculam enim ante se positam modo viderat his verbis signatam BINOCULUS SCAENICUS.

VIGINTI DENARIIS. tandem, cum rem diu cogitavisset, vidulo reserto, de loco arcano viginti denarios deprompsit. "hunc non magni aestimo," inquit paulo postea cum turbam binoculo contemplaret. "omnes enim minores videntur."

"aliter est oculis tuis applicandus, o stultissime," inquit Jonathan.

"nihilominus hunc non magni aestimo," inquit Paddington binoculum conversus. "non emissem, si id compertum habuissem. nihilominus," inquit, re breviter cogitata, "potest fieri ut in posterum sit utilis."

tempore ipso cum loqui inciperet, post principium musicum, aulaeum sublatum est. scaena erat atrium villae magnae, et vir egregius Sealy Bloom, agens patronum pagi, huc illuc spatiabatur. plauserunt spectatores.

"non licet eum domum referre," susurravit Judy. "tibi discedenti reponendus est ."

"*quid* dicis?" clamavit Paddington magna voce. voces complures silentium poscentium ortae sunt e theatro tenebricoso dum vir egregius Sealy Bloom cessat et ad saeptum Brunnorum consulto spectat. "num vis dicere ..." vox Paddingtonis in praesens deficiebat. "*viginti denarii!*" inquit acerbe. "eis nummis duo liba possunt comparari." oculos convertit in virum egregium Sealy Bloom.

vir egregius Sealy Bloom subirasci videbatur. non amabat actionem primam fabulae novae, et haec potissimum male coeperat. ab ea animus abhorrebat. multo malebat agere partem viri fortissimi, cui favebant spectatores, et in hac fabula hominem agebat scelestum. cum haec esset prima actio fabulae, partes suas non satis didicerat. et, vide modo quam omnia versa sint in peius, cum in theatrum advenisset invenit nec puerum qui verba subiceret nec quemquam qui eius muneri succederet. perturbatio quoque facta erat in primis ordinibus paulo antequam aulaeum sublatum est. in re immixta erat quadrula duplex panis liquamine malosinensi oblita, ut dixerat scaenae dominus. scilicet, haec merae erant nugae, sed nihilominus eum sollicitum habebant. adde quod haec turba tam clamosa in saepto singulari sedebat. suspirium sibi duxit. non dubium erat quin futura esset nox inquieta.

quodsi vir egregius Sealy Bloom fabulae non studebat, studiosissimus erat Paddington. mox oblitus viginti denariorum quos perdiderat operam omnem argumento fabulae dabat. brevi constituit se non amare virum egregium Sealy Bloom, et binoculo usus oculos in eum defixit. quidquid ille agebat sequebatur ipse et ubi, ad finem primi actus, vir egregius Sealy, agens partem patris crudelis, filiam foras expulit nullam habentem pecuniam, Paddington in sellam ascendit et versus ad scaenam iratus chartam explicativam iactabat.

Paddington erat multis modis ursus mirabilis et bene sciebat bonum malumque dinoscere. aulaeo demisso binoculum scaenicum in pluteo firma manu posuit et a sede descendit.

"an tibi fabula placet, Paddington?" rogavit Dominus Brunnus.

"non mediocriter me tenet," inquit Paddington. inerat voci aliquid pertinaciae et Domina Brunna eum acriter intuebatur. vocem agnoscebat et vexabatur ab illa.

"quo abis, carissime?" rogavit, dum petit ianuam saepti.

"ambulatum modo abeo," inquit Paddington, occultans quid in animo haberet.

"noli longius abesse," clamavit, dum ianua post Paddingtonem clauditur. "num quid actus secundi vis omittere?"

"ne molesta fueris, Maria," inquit Dominus Brunnus. "potest fieri ut velit ambulare modo aut aliquid simile facere. nescio an in latrinam secesserit."

sed illo tempore Paddington ibat non ad latrinam, sed ad ianuam ferentem in aversa theatri. signata est LOCA PRIVATA. SOLUM ADMITTUNTUR ARTIFICES. cum ianuam trudendo aperuisset et praeterivisset, statim sensit se inesse in regione dissimillima. hic nullae erant sedes rubrae et molles; ubique erat spatium inane. funes multi de tecto pendebant, apparatus scaenae coacervatus est iuxta parietes, homines omnes videbantur in magna esse festinatione. plerumque Paddington solebat talibus rebus valde teneri, sed nunc vultum ferebat pertinacem.

cum videret hominem inclinatum super partem apparatus scaenici, accedens umerum leviter pulsavit. "obsecro mihi ignoscas," inquit. "an potes mihi dicere ubi sit vir?"

operarius scaenicus non desivit laborare. "vir?" inquit. "*qui* vir?"

"vir *iste*," inquit Paddington patienter. "vir improbus."

"oh, virum egregium Sealy dicis." operarius scaenicus digito andronem longum indicavit. "est in cella sua vestiaria. melius sit si eum non perturbes quod non est animo benigno." oculos sustulit. "edepol!" clamavit. "tu non debes hic adesse. quis te admisit?"

Paddington longius aberat quam ut responderet etsi verba audiverat. per dimidium andronis iam processerat ianuas omnes oculis inspiciens. tandem pervenit ad ianuam magna signatam stella et inscriptam VIR EGREGIUS SEALY BLOOM litteris magnis et aureis. Paddington suspirio ab imo pectore ducto ianuam sonitu magno pulsavit. nullo responso dato iterum pulsavit. cum ne tum quidem accepisset responsum, cautissime pede trudens ianuam aperuit.

"abito!" voce sonanti aliquis locutus est. "nolo quemquam videre."

Paddington oculos in cellam circumferebat. vir egregius Sealy Bloom iacebat extensus in cubili longo. fessus videbatur et iratus. oculo uno aperto Paddingtonem contemplavit.

"nemini dabo autographam nominis mei scriptionem," fremuit.

"nolo accipere autographam nominis tui scriptionem," inquit Paddington, oculis in eum defixis. "nollem accipere si librum meum nominum autographorum mecum haberem, quem non habeo. sed satis de hoc!"

vir egregius Sealy coepit sedere. "nonne vis autographam nominis mei scriptionem?" inquit admirans. "omnes homines semper volunt habere autographam nominis mei scriptionem!"

"equidem nolo," inquit Paddington. "hic adsum ut te iubeam filiam tuam rursus domum recipere!" novissima verba gluttiebat. magnus ille vir videbatur duplicavisse magnitudinem quam in scaena habuerat, et putares eum iam iam diruptum iri.

vir egregius Sealy frontem arripuit. "an vis ut filiam rursus recipiam?" tandem inquit.

"ita vero," inquit Paddington fortiter. "quodsi non recipies, spero eam posse apud Dominos Brunnos commorari."

vir egregius Sealy Bloom capillos manu amens percurrit, tum se ipsum digitis vellicavit. "apud Dominos *Brunnos*," iteravit voce attonita. cellam impotens animi circumspexit, tum ad ianuam ruit. "Sarah!" voce magna clamavit. "Sarah, statim huc veni!" retrorsum circum cellam se recepit donec cubile inter se ipsum ac Paddingtonem interponeret. "procul esto, o urse!" modo histrionali inquit Paddingtonem oculis prominentibus aspiciens, quod paulum luscitiosus erat. "nonne *es* ursus?" addidit.

"ita vero," inquit Paddington. "natus sum in Peru Obscurissima Terrarum!"

vir egregius Sealy petasum eius laneum contemplavit. "quod cum ita sit," inquit iratus et cunctabundus, "non debes in cella mea vestiaria gerere petasum prasinum. nonne scis in theatro prasinum esse colorem infelicissimum? fac statim exuas."

"non est culpa mea," inquit Paddington. "volebam gerere petasum proprium." coeperat explicare quid factum esset de petaso suo cum, ianua reiecta, intravit matrona nomine Sarah. Paddington illam statim agnovit quae partes filiae viri egregii Sealy in fabula egerat.

"noli timere," inquit. "te servatum huc adveni."

"*quid* fecisti?" matrona videbatur multum admirari.

"Sarah," vir egregius Sealy Bloom a tergo cubilis progressus est. "Sarah, me defende ab hoc ... hoc urso insano!"

"non sum insanus," inquit Paddington, indignatus.

"si non insanis, obsecro ut dicas quid in cella mea vestiaria facias," voce sonanti inquit histrio ille magnus.

Paddington suspirium duxit. nonnunquam homines tanta tarditate ingenii laborabant ut non intellegerent quid fieret. aequo animo rem totam eis narravit. quo facto matrona nomine Sarah capite supinato ridebat.

"gaudeo quod putas rem esse ridiculam," inquit vir egregius Sealy.

"sed, o deliciae, nonne vides?" inquit illa. "maxime laudaris. Paddington enim re vera credit te me foras expulisse pecuniam nullam habentem. magnus exhibitus es histrio!"

vir egregius Sealy parumper rem cogitavit. "hem!" inquit, aspera usus voce. "non sine causa, ut opinor, hunc errorem fecit. videtur enim mihi rem contemplanti prudentissimus esse ursus."

Paddington circumspectabat ab uno ad alteram. "itaque

per omne tempus partes modo agebatis," verbis haesitantibus inquit.

matrona se inclinans pedem eius comprehendit. "ita vero, carissime. sed mihi subveniendo benigne fecisti. beneficii tui semper meminero."

"nempe tibi *subvenissem* si voluisses," inquit Paddington. vir egregius Sealy tussim edidit. "studesne theatro, urse?" inquit voce sonanti.

"ita vero," inquit Paddington. "*maxime* studeo. sed non mihi placet quod debeo omnia tanto emere pretio. volo fieri histrio cum aetas mea adoleverit."

matrona nomine Sarah exsiluit. "age vero, carissime Sealy," inquit, Paddingtonem aspiciens. "aliquid animo concepi!" in aure viri egregii Sealy susurravit qui tum Paddingtonem aspexit. "id non solet fieri," inquit cogitabundus. "sed est experiendum. certe est experiendum!"

in theatro ipso intervallum paene transierat et Brunni inquieti fiebant. "eheu," inquit Domina Brunna. "quo tandem iste abiit?"

"nisi festinabit," inquit Dominus Brunnus, "principium actus secundi non videbit."

id temporis pulsata est ianua et famulus ei litterulas tradidit. "ursus quidam, iuvenis honestus, me rogavit ut has tibi darem," inquit. "dixit rem esse praesentissimam."

"hem … gratias tibi ago," inquit Dominus Brunnus, litterulis acceptis et apertis.

"quid scriptum est?" rogavit Domina Brunna, anxio animo. "an bene valet?"

Dominus Brunnus ei tradidit litterulas legendas. "ex his id non facilius coniectare possum ac tu ipsa."

Domina Brunna eas inspicibiebat. haec verba festinanter plumbato stilo scripta sunt: OFFICIUM MAXXIMUM MIHI DATUM EST. PADINGTUN. P.S. POSSTEA DE ILLO VOBIS DICCAM.

"quid tandem hoc sibi vult?" inquit. "semper insolitum aliquid accidit Paddingtoni."

"nescio," inquit Dominus Brunnus in sella reclinans lucernis exstinctis. "sed non prohibebit me fabula frui."

"utinam actus secundus melior sit primo," inquit Jonathan. "putavi primum actum pessimum esse. vir iste partium suarum semper obliviscebatur."

actus secundus *erat* multo melior primo. simul ac vir egregius Sealy in scaenam prodiit animi spectatorum inflammati sunt. quantum in melius mutatus erat! iam non lingua haesitanti loquebatur atque ei qui per primum actum non desierant tussire nunc erecti sedebant pendentes loquentis ab ore.

aulaeo tandem, fabula acta, demisso, postquam filia viri egregii Sealy ad amplexum patris restituta est, spectatores vehementer plaudebant. aulaeo iterum sublato grex tota capite inclinando theatrum salutavit. deinde tollebatur dum vir egregius Sealy et Sarah capita inclinabant, sed plausus non remittebat. denique vir egregius Sealy progressus manu sublata silentium poposcit.

93

"o homines honestissimi," inquit, "benigne fecistis quod nobis tantum dedistis plausum. gratias vobis agimus maximas. sed antequam abitis, velim vobis commendare quendam gregis nostrae et natu minimum et auctoritate maximum. iuvenis est ... hem, ursus qui nobis subvenit." tantus ortus est fremitus a turba concitata ut oratio reliqua viri egregii Sealy non posset audiri; ipse enim prodiit ad primam partem scaenae, qua tegimentum parvum celavit foramen in solo factum in quo latebat ille qui verba histrionibus subiciebat.

pedem unum Paddingtonis comprehensum ad se trahebat. Paddingtonis caput per foramen apparuit. altero pede exemplar textus tenebat.

"agedum, Paddington," inquit vir egregius Sealy. "debes theatrum capite inclinato salutare."

"non possum," anhelavit Paddington. "videor haerere."

et nimirum haerebat. opus erat compluribus operariis scaenicis, siphonario, butyro multo qui eum liberarent postquam abierunt spectatores. sed satis eminebat ut se contorqueret et turbam plaudentium petaso sublato salutaret priusquam aulaeum novissime demissum est.

paucis post diebus, si quis noctu in cubiculum Paddingtonis intravisset, eum invenisset in lecto sedentem cum libro subsicivarum rerum, forficulis, glutini vase. occupatus erat in inserendo imagine viri egregii Sealy Bloom quem inscripserat ipse: 'gratia, Paddington, tibi.' habebat quoque imaginem inscriptam matronae nomine Sarah, et quo maxime superbiebat – segmentum actorum

diurnorum de ludo scaenico scriptum et hoc titulo notatum
PADDINGTON REM RESTITUIT!

Dominus Gruber ei dixerat verisimile esse photographos
illos non parvi pretii esse; sed postquam rem diu cogitavit
constituit eos sibi reservare. scilicet vir egregius Sealy Bloom
ei reddiderat viginti denarios istos *et* binoculum scaenicum.

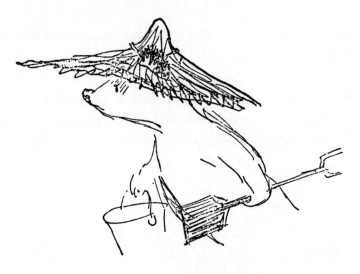

VII

CASUS SINGULARIS IN
ORA MARITIMA

olim ubi illucescebat Dominus Brunner barometrum in atrio pendentem leviter pulsavit. "hodie, ut videtur, caelum erit serenum," inquit. "an vultis iter facere ad mare?"

haec verba alacritate a reliqua familia accepta sunt, et mox tota domus perturbabatur.

Domina Avis acervum ingentem quadrularum duplicium panis secabat dum Dominus Brunnus autocinetum parabat. Jonathan et Judy vestes balneares quaerebant et Paddington in cubiculum ascendit ut res suas componeret. excursio cui Paddington intererat semper aliquid negotii praebebat quod poscebat ut omnia sua secum ferret. tempore praetereunte res multas adeptus erat. non solum vidulum habebat sed etiam follem elegantem idoneum ad extremam hebdomadam et primis litteris nominis sui P.U. signatum nec non et saccum chartaceum quo leviora atque minora portaret.

quo solem mensibus aestivis arceret Domina Brunna ei petasum emerat. de stramento factum maxime flexibile erat. Paddington eum amabat quod ora sursum deorsum vertenda varias poterat exprimere figuras et videbatur complures petasos in uno habere.

"cum ad oppidum Brightsea advenerimus," inquit Domina Brunna, "tibi hamam cum pala ememus. tum poteris ex harena facere castellum."

"et poteris ire ad pilam," inquit Jonathan alacriter. "in pila machinae optimae inveniuntur. debes nummos multos affere."

"et poterimus natare," addidit Judy. "nonne tu *potes* natare?"

"eheu! non perbene," respondit Paddington. "nam nunquam antea ad oram maritimam ivi."

"*nunquam* antea ad oram maritimam ivisti!"

"nunquam ad oram maritimam ivit!" omnes, negotiis intermissis, Paddingtonem intuebantur.

"nunquam," inquit Paddington.

omnes consentiebant id sine dubio iucundum esse primum in vita ad oram maritimam ire; etiam Domina Avis loquebatur de primo itinere ad oppidum Brightsea multis ante annis facto. Paddington valde commovebatur cum eum certiorem facerent quid miraculorum visurus esset.

in autocineto referto profecti sunt. Domina Avis, Judy, et Jonathan in interiore parte sedebant. Dominus Brunnus machinam moderabatur et iuxta eum sedebant Domina Brunna et Paddington. Paddingtonem iuvabat in fronte sedere praesertim cum, fenestra aperta, caput in auram frigidam extendere posset. post moram parvam ubi in suburbana parte Londinii petasus Paddingtonis vento deturbatus est, mox inierunt in viam apertam.

"potesne iam mare olfacere, Paddington?" rogavit Domina Brunna post intervallum.

Paddington capite extenso auras naribus captavit. "aliquid possum olfacere," inquit.

"quid igitur?" inquit Dominus Brunnus. "ne desiveris naribus auras captare, quod paene adsumus." et certe cum ad summum collem pervenissent et versuram fecissent altero latere descensuri, procul apparuit mare fulgens radiis solis matutini.

oculi Paddingtonis dilatati sunt. "aspicite lintres omnes in luto instructas!" clamavit pede ad oram porrecto.

riserunt omnes. "non est lutum," inquit Judy. "est harena." cum tandem Paddingtonem docuissent quid esset harena, aderant in oppido Brightsea ipso, et secundum frontem vehebantur. Paddington subdubitans mare contemplabat. undae multo maiores erant quam putaverat. non tantae erant quantas viderat dum iter in Angliam facit, sed urso parvulo videbantur satis magnae.

prope tabernam in ambulacro maritimo sitam Dominus Brunnus cursum autocineti cohibuit et aliquid pecuniae protulit. "velim hunc ursum ita exornare ut hodie in ora maritima possit versari," inquit matronae quae post mensam stabat. "quid igitur? opus erit nobis hama atque pala, perspicillis solaribus, cummeo rotae involucro ..." dum indicem recitat, matrona res Paddingtoni tradidit, qui incipiebat velle se plus quam duos pedes habere. circum medium erat cummeum rotae involucrum quod tamen circum genua delabebatur, perspicilla solaria in naso aegre sedebant, altera manus petasum stramenticium cum hama atque pala, altera vidulum tenebat.

"an vis photographum, domine?" Paddington conversus hominem horridum vidit machinam photograhicam tenentem. "una solum libra constat, domine. bonitatem mercis testificor. pecunia reddetur nisi ex sententia tibi cesserit."

Paddington paulisper rem reputavit: se non multum amare vultum hominis, sed cum per complures hebdomadas magna cum cura pecuniam condidisset se nunc habere paulo plus tres libras; iucundum fore si imaginem sui haberet.

"celerrime fiet, domine," inquit homo, se post machinam photographicam linteo nigro celans. "fac modo spectes aviculam."

Paddington circumspectavit. nusquam erat avis quantum videre potuit. ad tergum hominis circumiit et eum leviter pulsavit. photographus, qui aliquid quaerere videbatur, exsiluit et tum e tegimento emersit. "num speras me imaginem tuam redditurum nisi a fronte consistis?" rogavit dolens.

"nunc laminam perdidi, et" – Paddingtonem oculis male fidis intuebatur – "hanc ob causam debes mihi libram."

Paddington oculos intentos in eum defixit. "dixisti avem adesse,"inquit. "nec aderat."

"puto eam vultu tuo viso avolavisse," inquit homo maligne. "nunc ubi est libra mea?"

Paddington parumper eum etiam intentius contemplavit. "potest fieri ut avis avolans eam secum abstulerit," inquit.

"hahahae!" clamavit photographus alius qui spectaverat quid ageretur totus in illo. "hem, Carole, te ab urso illusum esse! habes quod tibi debebatur quod conabaris, nulla facultate data, imagines photographice exprimere. nunc abito priusquam custodem publicum arcesso."

alterum illum spectavit res suas colligentem et incessu incerto ad pilam vagantem, tum versus est ad Paddingtonem. "quam molestum est hoc genus hominum!" inquit. "ab eis enim probissimus quisque victu privatur. recte fecisti nolens isti pecuniam dare. et si per te liceat, velim pro praemio imaginem pulchram tui photographice reddere."

Brunni coniecerunt oculos alii in alios. "mirum est," inquit Domina Brunna, "quod Paddingtoni omnia semper videntur prospere cedere."

"id fit quod ursus est," inquit Domina Avis obscure. "ursis enim omnia semper prospere cedunt." ceteros in litus duxit et magna cum cura stragulum viatorium in harena pandit post molem lapidum. "meliorem locum non inveniemus," inquit. "itaque nos omnes sciemus quo sit redeundum, nec quisquam errabit."

"aestus decessit," inquit Dominus Brunnus. "itaque tutum erit mare et ad natandum idoneum." ad Paddingtonem conversus est. "tune in mare inibis, Paddington?" rogavit. Paddington mare contemplavit. "fortasse mare pedibus agitabo," inquit.

"festinato modo," clamavit Judy. "et afferto quoque hamam atque pilam tuam ut artem exerceamus castellorum ex harena faciendorum."

"o di immortales!" digito Jonathan titulum monstravit in muro postico infixum. "en … fiet certamen castellorum ex harena faciendorum. euge! qui maximum fecerit ex harena castellum accipiet praemium primum decem librarum!"

"quid si omnes coeamus ut unum faciamus?" inquit Judy. "nonne trini coniuncti poterimus maius facere castellum quam quisquam unquam vidit?"

"mea sententia non permittitur," inquit Domina Brunna

titulum perlegens. "hic enim proscriptum est ut suum quisque castellum faciat."

Judy videbatur spe deiecta esse. "quid igitur? nihilominus ipsa rem temptabo. agite, vos ambo, primum natemus, deinde post prandium poterimus facere initium fodiendi." super harenam decurrit fratre Jonathan et Paddingtone prope sequentibus. saltem Jonathan sequebatur sed Paddington non multos fecerat passus priusquam, natatoria zona delapsa, ipse praeceps in harenam cecidit.

"Paddington, *cedo* mihi vidulum tuum," clamavit Domina Brunna. "non potes eum tecum in mare ferre. madescet enim et peribit."

tristior visus Paddington res suas Dominae Brunnae tradidit ut illa curaret, deinde ceteros secutus ad mare decurrit. quo cum pervenisset Judy et Jonathan tam longe exierant ut ipse satis haberet aliquamdiu sedere in margine aquae passus undas ingredientes circum se fluitare. quae sensus eius suaviter afficiebant; primo aliquid frigoris ferebant, mox

tamen calidior factus est. constituit oram maritimam esse locum amoenum. pedibus in aquam altiorem incessit, deinde in cummeo rotae involucro reclinatus patiebatur undas se leniter ad oram referre.

"decem librae! quid si ... quid si adipiscatur summam decem librarum?" ante oculos clausos versata est imago castelli pulchri ex harena facti, similis illi quod quondam in libro picto viderat, cum propugnaculis et turribus et fossa. maius semper maius fiebat et ceteri omnes qui oram frequentabant negotiis neglectis adstabant plaudentes. complures negabant se unquam tantum castellum ex harena factum vidisse ... et subito experrectus est cum sentiret aliquem aquam sibi aspergere.

"agedum, Paddington," inquit Judy. "non debes iacere in sole somno oppressus. nunc est tempus prandii, et postea multa sunt nobis agenda." spes Paddingtonis frustrata est. tam bellum viderat somnians castellum ex harena factum. non dubitabat quin praemium primum adepturus fuisset. oculos fricavit et Judy et Jonathan litus ascendentes secutus est ad locum ubi Domina Avis quadrulas duplices panis exposuerat – alias, ceteris omnibus designatas, plenas pernae, ovorum, casei, alias, Paddingtonis ipsius proprias, oblitas liquamine malosinensi – cum sorbillo glaciato et mixtura e variis fructibus confecta pro mensis secundis.

"equidem censeo," inquit Dominus Brunnus, qui ipse in animo habebat pransus paulum dormire, "ut post prandium omnes diversi abeatis et vestra castella ex harena faciatis. deinde non solum publicum sed etiam privatum certamen habebimus. quicunque maximum fecerit castellum a me accipiet libram."

omnes tres consilio favebant. "sed nolite longius discedere," clamavit Domina Brunna cum Jonathan, Judy, et Paddington proficiscerentur. "mementote iam crescere aestum!" sed surdis ad consilium auribus omnes nimis studebant castellis ex harena faciendis. praesertim Paddington hamam atque palam pertinacissime tenebat.

celebris erat ora et illi aliquantum viae eundum erat priusquam locum desertum invenit. primum fossam magnam et rotundam effodit, ponte levatorio sibi relicto ut harenam transportaret qua opus erat ad castellum ipsum faciendum. deinde coepit afferre in hama harenam qua moenia castelli aedificaret.

ursus erat impiger et quamquam durus erat labor et crura pedesque mox fessi fiebant, non prius destitit quam acervum ingentem harenae in medio circulo habuit. deinde pala usus moenia coepit levigare et propugnacula facere. optima erant propugnacula cavis instructa quae pro fenestris essent et incisuris per quas sagittarii tela sua conicerent.

opere confecto cum palam infixisset in una turrium

angularium et supra palam petasum posuisset, ipse iuxta cadum suum liquaminis malosinensis recubuit et oculos clausit. quamquam defessus erat, tamen sibi maxime placebat. murmure leni maris in aures recepto mox somno alto obdormivit.

"totum litus scrutati sumus," inquit Jonathan. "nec usquam eum videre possumus."

"ne zonam natatoriam quidem secum habebat," anxia inquit Domina Brunna. "nihil habebat nisi hamam atque palam." Brunni, turba trepida, convenerant circum hominem qui casae salvificae praeerat.

"complures afuit horas," inquit Dominus Brunnus. "et iam plus duas horas crescit aestus!"

vultum gravem habebat homo. "an negatis eum posse natare?" rogavit.

"ne balneum quidem multum amat," inquit Judy. "itaque non dubito quin non possit natare."

"vide imaginem eius photographicam," inquit Domina Avis. "hodie mane modo eam exprimendam curavit." imagine Paddingtonis homini tradita oculos sudario siccabat. "scio aliquid ei accidisse. potionem theanam capere non omisisset nisi quid mali passus esset."

imaginem homo inspexit. "*potest* fieri ut corporis notas divulgemus," inquit dubius. "sed ex ea imagine difficile est videre qualem habeat vultum. nil apparet nisi petasus et perspicilla obscura."

"nonne potes lintrem salvificam deducere?" rogavit Jonathan non sine spe aliqua.

"hoc possimus facere," inquit homo, "si sciamus quam regionem scrutemur. sed nescimus ubi gentium sit."

"eheu," Domina Brunna quoque sudarium petebat. "non sustineo rem talem cogitare."

"nuntii afferentur meliores," inquit Domina Avis consolans. "ille enim non eget prudentia."

"vellem quidem," inquit homo madentem tollens petasum de stramentis factum. "melius erit vos hunc habere, et interea ... videbimus quid efficere possimus."

"noli te macerare, Maria," Dominus Brunnus bracchium coniugis amplexus est. "fortasse eum modo in litore reliquit aut fecit aliud aliquid. potest fieri ut impulsus sit aestu." inclinatus reliquias Paddingtonis tollebat quae parvulae et destitutae videbantur in solitudine iacentes.

"certe est Paddingtonis petasus," inquit Judy eum inspiciens. "en – intus habet notam eius!" petaso inverso eis monstravit vestigium pedis atramento notatum et haec verba PETASUS MEUS – PADINGTUN.

"censeo ut omnes diversi abeamus," inquit Jonathan, "ad litus perscrutandum. sic spem meliorem habebimus."

Dominus Brunnus visus est dubitare. "caelum nigrescit," inquit.

Domina Avis, stragulo viatorio deposito, bracchia implicavit. "equidem nolo domum redire priusquam repertus erit," inquit. "non possum in domum illam inanem redire sine Paddingtone."

"nemo in animo habet sine eo redire, Domina Avis," inquit Dominus Brunnus. inops consilii ad mare spectavit.

"si modo…"

"fortasse haud in mare ablatus est," inquit homo ille salvificus adiuvans. "fortasse modo in pilam ivit aut aliud fecit aliquid. turba magna illuc videtur adire. haud dubie fit res quae studia excitet hominum." virum inclamavit praetereuntem. "quid fit in pila, amice?"

ille non constitit sed super umerum respiciens clamavit, "transiit quidam Oceanum Atlanticum solus in rate. centenos dies nihil cibi, nihil aquae, ut dicunt!" abiit festinans.

homo salvificus videbatur spe deiectus. "dolus est alius ad pervulgationem attinens," inquit. "talia quotannis habemus."

Dominus Brunnus videbatur cogitabundus. "nescio an…," inquit, oculos ad pilam dirigens.

"similis sit sui si hoc faciat," inquit Domina Brunna. "talis enim est res qualis Paddingtoni accidere solet."

"sic necesse est," clamavit Jonathan. "certe sic necesse est."

omnes inter se oculos coniecerunt, deinde rebus suis sublatis se addiderunt turbae ad pilam festinanti. longum erat per claustrum volvens perrumpere, nam fama percrebruerat 'aliquid in pila fieri' et multitudo hominum in aditu convenerat. sed tandem, cum Dominus Brunnus custodem publicum allocutus esset, via sibi facta, ad extremam pilam adducti sunt qua solebant alligari lintres vi vaporis et rotis impulsae.

spectaculum mirum oculis occurrit. Paddington, qui modo ex aqua a piscatore extractus erat, in hama sedebat inversa loquens cum relatoribus quorum complures imagines photographice reddebant dum ceteri crebris interrogationibus eum aggrediebantur.

"num usque ab America huc venisti?" rogavit relator quidam.

Brunni, vix scientes utrum riderent an lacrimarent, auribus intentis responsum Paddingtonis exspectabant.

"non ita," inquit Paddington, vera locutus, parvo post intervallo. "non ab America. sed iter longum feci." incertus animi pedem ad mare porrigebat. "scilicet aestu raptus sum."

"et per omne id tempus in hama sedebas?" rogavit alius, imaginem photographice exprimens.

"ita vero," respondit Paddington. "et pala pro remo utebar. peropportune accidit quod eam mecum habebam."

"an planctone vescebaris?" quaesivit vox alia.

Paddington mirari videbatur. "minime," inquit. "vescebar liquamine malosinensi."

Dominus Brunnus turbam perrupit. Paddington exsiluit paulo nocentior visus.

"agite nunc," inquit Dominus Brunnus pedem eius arripiens. "satis eum hodie interrogavistis. hic ursus in mari diu erravit atque defessus est. re vera," significanter Paddingtonem contemplavit, "hodie totum postmeridianum tempus in mari erravit!"

"num adhuc adest dies Martis?" rogavit Paddington non dolo dicens. "putabam multo plus temporis praeterisse."

"est dies Martis," inquit Dominus Brunnus voce firma. "et nos sollicitudine tui enecavisti."

Paddington hamam atque palam cum cado liquaminis malosinensis sustulit. "quid?" inquit. "nihilominus sponsionem faciam non multos ursos in mare ivisse in hama vectos."

nox erat cum vecti sunt secundum frontem oppidi Brightsea domum regredientes. ambulacrum maritimum adornatum est lucernis variis et fontes quoque in hortis collocati colores variabant. sed Paddington, qui in interiore parte autocineti lodice obvolutus iacebat, de castello suo ex harena facto cogitabat.

"sponsionem faciam nullum fuisse castellum meo maius," inquit sopitus.

"et ego faciam sponsionem meum fuisse maximum," inquit Jonathan.

"nescio an," inquit Dominus Brunnus festinans, "melius sit si omnes libram accipiatis ne fiat error."

"fortasse alio die nobis licebit huc redire," inquit Domina Brunna. "tum certamen aliud habere poterimus. quid de hoc sentis, Paddington?"

nullum ex interiore parte autocineti responsum datum est. castella ex harena structa, iter trans portum in hama factum, aurae maritimae, haec omnia Paddingtonem oppresserant. alto dormiebat somno.

VIII

PRAESTIGIAE REI
EVANESCENTIS

"ehem," inquit Paddington, "num meum est?" libum
spectabat esuriens. re vera libum erat mirabile. Domina Avis
vix fecerat melius. splendificatum est mulso saccharifero et
medium habebat cremum atque liquamen malosinense. in
summo erat candela una cum titulo: PADDINGTONI. FELIX
SIS DIE NATALI – AB OMNIBUS.

Domina Avis consilium convivii die natali habendi
ceperat. Paddington iam duo menses apud eos fuerat. cum
nemo, ne Paddington quidem, pro certo sciret qua aetate
esset, constituerunt rem ab initio resumere atque dicere eum

unum annum natum esse. quo audito Paddington gaudebat, praecipue ubi certior factus est ursos binos quotannis habere dies natales – alterum aestate, hieme alterum.

"haud aliter atque regina," inquit Domina Avis. "itaque debes putare te auctoritatam magnam habere." Paddington sic putabat. etenim ad Dominum Gruberum statim ivit nuntium laetum ferens. quo audito ille commoveri videbatur, et gaudebat a Paddingtone in convivium invitatus.

"perraro evenit ut quisquam me in convivium vocet. nescio quando novissime foras exierim et libentissime me venturum promitto."

illo tempore non plura locutus est, sed postridie mane autoplaustrum ad domum Brunnorum accessit, et tradita est fascis arcana visu missa ab institoribus omnibus qui in Foro Portobellone negotiabantur.

"o urse fortunate!" clamavit Domina Brunna, ubi fasce aperta viderunt quid intus esset. inerat cophinus novus et pulcher quo merces veherentur rotis instructus, cum tintinabulo in latere fixo quo Paddington homines admoneret ut aditum suum caverent.

Paddington caput scabit. "difficile est scire quid prius agendum sit," inquit, magna cum cura ponens cophinum inter cetera dona. "multae mihi epistulae scribendae erunt gratias agendi causa."

"fortasse melius sit si id opus in diem crastinum differas," inquit Domina Brunna festinans. quotiens Paddington epistulas scribebat solebat plus atramenti sibi aspergere quam in charta, et praeter solitum tam mundus videbatur, quod priore nocte in balneo laverat, ut illa nollet aspectum eius foedari.

Paddington videbatur de spe decidisse. libenter enim epistulas scribebat. "fortasse mihi licebit in culina auxilium ferre Dominae Avi," inquit non sine spe.

"laetor," inquit Domina Avis e culina emergens, "me modo opus confecisse. sed licet tibi coclear lambere si vis." acerbam aliorum temporum memoriam retinebat quibus Paddington 'auxilium' in culina tulerat. "sed cave ne nimis …" admonuit, "si vis spatium huic rei relinqui."

tum primum Paddington libum suum vidit. oculi eius, soliti esse magni et rotundi, tanto maiores et rotundiores fiebant ut vel Domina Avis animo elato erubesceret. "causa egregia egregium postulat eventum," inquit ad triclinium festinans.

per reliquum diei Paddington huc illuc ab alia parte domus in aliam rapiebatur dum convivium parabatur. Domina Brunna occupata est in rebus componendis. Domina Avis occupata est in culina. Jonathan et Judy occupati sunt in aedibus exornandis. nemo otiosus erat nisi Paddington.

"putavi hodie esse diem natalem *meum*," fremebat, quintum remissus in exedrium postquam cistellam globulorum vitreorum super pavimentum culinae invertit.

"ita est res, carissime," inquit Domina Brunna perturbata. "serior tamen veniet hora tua." paenitebat eam quod dixerat

Paddingtoni ursos quotannis binos habere dies natales, nam anxius iam fiebat quando proximus futurus esset.

"fac modo a fenestra prospicias tabellarium exspectans," inquit, eum in marginem fenestrae tollens. hoc tamen, ut videbatur, Paddington facere nolebat. "an vis" inquit illa "magicas exercere artes ut paratus sis in vesperem?"

inter tot dona a Paddingtone accepta apparatus erat magicus a parentibus Brunnis datus. magno sumptu emptus est a Barkridgibus. mensam miram et magicam habebat, cistam magnam et arcanam qua usus is qui praecepta recte sequebatur efficiebat ut res evanescerent, virgulam magicam, fasciculos complures chartularum lusoriarum. quibus omnibus super pavimentum diffusis in medio consedit Paddington ut librum legeret praeceptorum.

diu ibi sedebat imaginibus et descriptionibus studens, et omnia bis perlegens ut prorsus intellegeret. interdum, rerum incuriosus aliarum, pedem in cadum liquaminis malosinensis inserebat, deinde memor illum esse diem natalem suum, amplissimum autem convivium fore theanum, pede sursum porrecto cadum in mensa magica posuit priusquam in studia rediit.

in primo capitulo INCANTAMENTA inscripto demonstratum est quomodo virgula magica esset iactanda et qua voce ABRACADABRA esset dicenda. Paddington surrexit uno pede librum tenens, et virgulam per aera aliquotiens iactavit. conatus est quoque ABRACADABRAM dicere. circumspectavit. nihil mutavisse visum est, et iterum conaturus erat, cum oculi paene e capite exsiluerunt. evanuerat enim cadus

114

liquaminis malosinensis quem paucis ante minutis in mensa magica posuerat! librum scrutatus est festinans. nihil inerat de liquamine malosinensi subducendo. quod etiam peius erat, neque inerat quidquam de illo restituendo. Paddington constituit fortissimum id debere esse incantamentum quod posset efficere ut cadus totus tenues evanesceret in auras. foras ruiturus ut rem ceteris narraret mentem mutavit. forsitan prosit has praestigias vespere facere praesertim si Dominae Avi persuadere possit ut sibi cadum alterum det. exiit in culinam et versus ad Dominam Avem virgulam aliquotiens iactavit, ut rem compertam haberet.

"tibi dabo ABRACADABRAM istam," inquit Domina Brunna eum rursus extrudens. "et cave ne cui oculum adimas baculo illo."

Paddington in exedrium regressus incantamentum retro dicebat. nihil accidit, itaque capitulum proximum libri praeceptorum legebat, quod inscriptum est MYSTERIUM OVI EVANESCENTIS.

"non crediderim tibi opus esse libro ut cognoscas quomodo id fiat," inquit Domina Avis super prandium, ubi Paddington rem totam eis narravit. "mirabile enim est quomodo tu cibum devores."

"quid ergo est?" inquit Dominus Brunnus. "dummodo ne hodie vespere coneris quemquam in duas partes serrula secare, non est mihi curae."

"iocabar solum," addidit festinans, ubi Paddington oculos in eum convertit quaerentis modo. nihilominus, simul ac pransum est, hortum decurrit et instrumenta sua occlusit. non erat prudentis, quod ad Paddingtonem pertinebat, pericula subire.

re vera nullam habebat causam anxietatis, nam curae nimiae mentem Paddingtonis hinc illinc opprimebant. tota familia cum Domino Grubero aderat ad convivium theanum. complures alii quoque accesserunt inter quos erat Brunnorum vicinus, Dominus Curry. hic erat hospes ingratissimus. "solum idcirco adest quod cibus postmeridianus apponitur gratis," inquit Domina Avis. "me piget quod iste micas a patella ursi iuvenis sic aufert. ne vocatus quidem est!"

"festinare debebit si micas ullas a patella Paddingtonis vult auferre," inquit Dominus Brunnus. "nihilominus impudentius agit cum animo repeto omnia quae prius dixit. ne curabat quidem illi die natali gratulari."

inter vicinos Dominus Curry famam habebat avaritiae atque se in rebus alienis immiscendi. difficillima quoque natura erat, et semper querebatur de minima quaque re quae eum offendebat. tempore praeterito in eis rebus saepe fuerat Paddington, et ea fuit causa cur Brunni eum non in convivium vocavissent.

sed ne Dominus Curry quidem causam habebat querendi de convivio theano. ab ingenti libo diei natalis causa confecto usque ad ultimam quadrulam duplicem panis liquamine malosinensi oblitam omnes censebant se nunquam meliorem consumpsisse cibum postmeridianum. Paddington ipse ita confertus est cibo ut vix satis spiritus colligere posset ad candelam exstinguendam. sed tandem id

ita effecit ut mystacem non adureret, et omnes, Domino Curry non praetermisso, plaudebant et eum iubebant salvere die natali.

"et nunc," inquit Dominus Brunnus cum fremitus remisisset, "rogo ut omnes retro moveatis sedes. nam puto Paddingtonem rem improvisam coram nobis facturum."

omnibus occupatis in sedibus ad unum latus conclavis movendis, Paddington in exedrium evanuit et rediit apparatum magicum ferens. parva erat mora dum mensam magicam erigebat et cistam arcanam ad opus accommodabat, sed mox omnia parata sunt. lucernis praeter lucem stativam exstinctis Paddington virgulam iactavit silentium poscens.

"o homines honestissimi," coepit, librum praeceptorum consultans, "praestigiae proximae non possunt fieri!"

"sed nullas adhuc fecisti," inquit Dominus Curry fremens.

haec verba ignorans, Paddington paginam versavit. "ad has praestigias faciendas," inquit, "opus erit mihi ovo."

"eheu," inquit Domina Avis, foras in culinam festinans, "scio horrendum aliquid futurum esse."

Paddington ovum in media mensa magica positum sudario texit. ABRACADABRAM aliquotiens murmuratus virgula sudarium pulsavit.

Brunni parentes alter in alteram oculos coniecerunt. de tapete uterque verebatur. "hei praesto!" inquit Paddington, et sudarium abstraxit. mirabantur omnes quod ovum e conspectu evanuerat.

"scilicet," inquit Dominus Curry, ut qui talia sciret, voce plausu maiore, "id omne fit dolo pedis. optime tamen factum est quippe qui auctor est ursus. optime sane. nunc fac ovum restituas!"

Paddington maxime sibi placebat, et capite inclinato spectatores salutavit, deinde pedem inseruit in loculum arcanum in posteriore parte mensae collocatum. mirabatur quod aliquid multo maius ovo invenit. re vera… cadus erat liquaminis malosinensis. idem erat qui illo die mane evanuerat! pede comprehensum ostentavit; plausu etiam maiore hae praestigiae probatae sunt.

"optime factum est," inquit Dominus Curry, genu percutiens. "hominibus persuadebat se ovum inventurum, et re vera erat cadus liquaminis malosinensis. perbene factum est!"

Paddington paginam versavit. "et nunc," nuntiavit re bene gesta elatus, "videte praestigias rei evanescentis!" vas

118

florum quos optimos Domina Brunna habebat arreptum in mensa triclinii iuxta cistam arcanam posuit. non multum his confidebat praestigiis, quod nec tempus datum erat rei experiendae, nec satis sciebat quid esset officium cistae arcanae, nec pro certo quidem habebat in quam partem deberet flores inserere ut evanescerent.

postico cistae aperto caput circum latus extendit. "nolo longius abesse," inquit, deinde rursus e conspectu evanuit.

spectatores silentio sedebant. "tardiores sunt hae praestigiae," inquit Dominus Curry, post intervallum.

"spero eum recte valere," inquit Domina Brunna. "tranquillissimus esse videtur."

"quid igitur? non potuit procul abire," inquit Dominus Curry. "quid si pulsemus?" surrexit, magno cum sonitu cistam pulsavit, deinde aurem ad eam applicuit. "aliquem audio vocantem," inquit. "similis est voci Paddingtonis. rem iterum temptabo." cista vibrata, ab interiore parte redditus est sonitus.

"puto eum se inclusisse," inquit Dominus Gruber qui quoque cistam pulsavit et exclamavit, "an recte vales, Domine Brunne?"

"MINIME!" inquit vox parva et obscura. "tenebrae sunt nec librum praeceptorum legere possum."

"admodum bonae erant illae praestigiae," post intervallum inquit Dominus Curry ubi cistam arcanam scalpro effregerunt. crustula nonnulla sibi apposuit. "ursus evanescens. res maxime insolita! sed adhuc non intellego quid voluerint illi flores."

Paddington eum suspiciosus intuebatur, sed Dominus Curry nimium negotii cum crustulis habebat.

"ut praestigias faciam proximas," inquit Paddington, "opus est mihi horologio."

"an hoc certum est?" anxia rogavit Domina Brunna. "nonne res alia sufficiat?"

Paddington librum praeceptorum consultavit. "hic scriptum est opus esse horologio," forti inquit voce.

Dominus Brunnus manicam primae parti palmae sinistrae cito superimposuit. fortuna mala usus, Dominus Curry, qui praeter solitum hilari erat animo cibum postmeridianum gratis nactus, surrexit et suum obtulit horologium. quod grato animo acceptum Paddington in mensa posuit. "hae sunt praestigiae sane pulchrae," inquit, dum pede in cistam inserto malleolum extrahit.

horologium sudario obtectum aliquotiens pulsavit. vultus domini Curry congelatus est. "spero te scire quid facias, urse iuvenis," inquit.

Paddington sollicitior videbatur. pagina enim versata haec ominosa verba modo legerat, "has praestigias facturus debes alterum habere horologium." angulum sudarii furtim sustulit. complures dentes et fragmenta nonnulla vitri trans mensam voluta sunt. Dominus Curry ira commotus fremitum edidit.

"puto me oblitum esse dicere ABRACADABRAM," inquit Paddington haesitans.

"ABRACADABRA!" clamavit Dominus Curry, flagrans ira et impotens animi. "ABRACADABRA!" reliquias horologii sustulit. "horologium viginti annos habebam, et nunc id aspicite! debebit quidam nonnullos denarios solvere!"

Dominus Gruber perspecillo prolato horologium magna cum cura inspiciebat. "fabulae," inquit, Paddingtoni subveniens. "hoc a me tribus libris abhinc menses sex emisti! nonne te pudet quod coram urso iuvene mentitus es?"

"nugae!" inquit Dominus Curry balba et perturbata voce. in sella Paddingtonis graviter consedit. "nugae! tibi dabo …" voce deficiente mirum in modum visus est mutari vultus. "sedeo in aliqua re," inquit, "aliqua re madida et glutinosa!"

"eheu," inquit Paddington. "spero id esse ovum meum evanescens. haud dubie rediit!"

vultus Domini Curry purpureus fiebat. "nunquam in vita tantam accepi contumeliam," inquit. "nunquam!" prope ianuam versus convivas digito porrecto accusavit. "hoc est ultimum convivium cui unquam vobis adero die natali!"

"Henrice," inquit Domina Brunna, egresso Domino Curry et ianua clausa, "re vera te non oportet ridere."

Dominus Brunnus vultum severum servare conabatur. "nil actum est," inquit, erumpens. "non possum facere quin rideam."

"an vultum eius vidistis cum omnes dentes evolverentur?" inquit Dominus Gruber, genis madentibus.

"nihilominus," inquit Dominus Brunnus, postquam risus quievit, "fortasse melius erit si quid paulo minus periculosum proxime conaberis, Paddington."

"quid si facias praestigias illas chartulis lusoriis de quibus

mihi dicebas, Domine Brunne?" rogavit Dominus Gruber.
"chartula primum dilanianda est, deinde ex aure alicuius extrahenda."

"ita vero, hae videntur pulchrae et quietae," inquit Domina Brunna. "has videamus."

"nonne vis videre praestigias alias rei evanescentis?" rogavit Paddington, non sine spe.

"minime, carissime," inquit Domina Brunna.

"quid ergo?" inquit Paddington, cistam rimans. "non perfacile est praestigias facere chartulis lusoriis si pedes modo habes, sed rem experiri non recuso."

fasciculum chartularum Domino Grubero tradidit, qui gravi vultu unam e medio abstulit, memoriae mandavit, reposuit. Paddington aliquotiens virgulam super fasciculum iactavit, deinde chartulam extraxit. de serie palarum illam sustulit quae numero septem signata est. "an fuit haec?" inquit Domino Grubero.

Dominus Gruber, perspecillis politis, in eam oculos convertit. "edepol," inquit, "credo equidem hanc vere fuisse chartulam!"

"sponsionem faciam omnes illas chartulas esse eiusdem formae," coniugi inquit Dominus Brunnus, susurrans.

"tace!" inquit Domina Brunna. "sententia mea rem perbene fecit."

"haec est pars difficilis," inquit Paddington, chartulam dilanians. "non compertum habeo quomodo sit facienda." frusta sub sudario posita aliquotiens virgula leviter pulsavit.

"ehem!" inquit Dominus Gruber, caput a latere terens.

"nescioquid sensi modo in aure crepare. nescioquid frigidum et durum." digitum in aurem inseruit. "scilicet ..." rem lucentem et rotundam sustulit quam spectatores viderent. "est aureus! quem dono Paddingtoni die natali! quo tandem modo illuc ingressus est?"

"edepol," inquit Paddington, animo elato aureum inspiciens. "illum non exspectabam. gratias maximas tibi ago, Domine Gruber."

"quid dicam?" inquit Dominus Gruber. "vereor ne sit parvulum donum, Domine Brunne. sed sermunculis istis mane habitis fruebar. valde eos exspecto et, hem," tussiculam edidit, "non dubito quin nos omnes speremus te postea multos dies natales celebraturum!"

cum chorus assentatorum quievisset, Dominus Brunnus surrexit et horologium inspexit. "iam dudum nobis omnibus praeteriit hora dormiendi et maxime tibi, Paddington, itaque suadeo ut omnes evanescendo praestigias faciamus."

"utinam," inquit Paddington adstans ad ianuam et omnes pede iactando valere iubens, "utinam Amita Lucia nunc me videre posset. maxime delectata esset."

"scribere debebis et eam de tota re certiorem facere, Paddington," inquit Domina Brunna, pedem arripiens. "sed id facito cras mane," addidit festinans. "memento te lintea purgata in lecto habere."

"ita vero," inquit Paddington. "id mane faciam. quodsi nunc faciam, veri simile est me lintea atramento foedaturum aut aliquid aliud facturum. talia enim semper mihi accidunt."

"nempe, Henrice," inquit Domina Brunna, dum Paddingtonem spectant gradus in cubiculum ascendentem, glutinosiorem et nonnihil somnolentum visu, "iucundum est habere ursum domi."